내
일
의

피
크
닉

내일의 피크닉

피크닉

강석희 장편소설

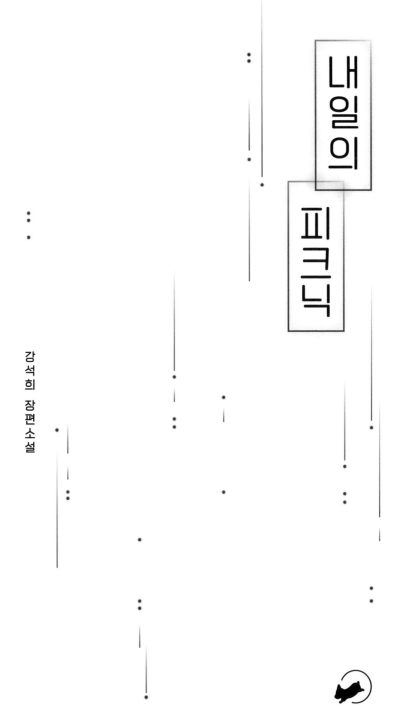

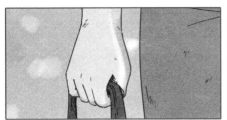

열려 있어,
들어와.

차례

프롤로그

1

우리는 고아였다.

'우리'란,
다름 아닌 연과 나.

스무 살이 되었으니, 우리는 이제 '보호 종료 아동'이다.

2

연이 돌아왔던 날에는 바람이 주먹질을 하듯 불었다. 권투 선수의 훅처럼 묵직한 바람에 나의 얇고 가벼운 몸은 쉽게 휘청였다. 바람이 명치나 복부에 정확히 불어 들면 종이처럼 펄럭, 날아갈 수도 있을 것 같았다. 만약 그런 일이 생긴다면, 영원히 날아가기만 했으면 좋겠다고 생각했다. 어느 곳에도 내려앉지 않고 영원히 펄럭, 펄럭펄럭.

집으로 돌아가는 버스 안에서 하늘을 보니 먹구름이 낮게 깔려 있었다. 우산 없는데……. 언제든 장대비를 쏟아 낼 준비가 된 듯한 구름을 보니 마음이 졸아들었다. 아니나 다를까, 정류장 하나가 남았을 때 빗방울이 후드득 듣기 시작했다. 차창에 이마를 대고 우산을 사야 할지 고민했다. 고민은 길지 않았다. 우산을 살 돈이 없었으니까. 돈이 한 푼도 없었던 것은 아니었다. 내가 가진 돈으로 우산을 사는 게 사치였을 뿐.

머릿속으로 그런 계산을 하며 버스에서 내렸다. 편의점으로 달려가는 동안 기분이 나빠졌다. 돈이 전혀 없을 때보다 더 기분이 나빴다. 표정이 드러나지 않게 고개를 푹 숙이고 편의점에 들어갔다. 4천 5백 원짜리 도시락을 집었다가 내려 놓고 5천 원짜리 도시락을 샀다. 그 정도는 내게 해 주고 싶었고, 그 정도가 내게 해 줄 수 있는 일이었다.

일자리를 구하려고 나간 길이었으나 결과가 좋지 않았다. 내겐 직장이 필요했다. 정말로 필요했다. 나를 안정적으로 고용하고 정해진 날짜에 일정한 임금을 주는 직장. 삶을 조금이라도 바꿀 수 있다면 시작은 거기서부터 하고 싶었다. 그러나 공업계 특성화고등학교 졸업생에 대학은 다니지 않고 제대로 된 현장 실습 경력도 없는 데다 군대도 다녀오지 않은 스무 살의 보호 종료 아동을 받아 주는 곳은 없었다. 배달 플랫폼을 통해 일하는 것으로 얼마나 버틸 수 있을지, 갈수록 자신이 없었다. 어떻게든 되겠지, 따위의 생각을 하던 때가 있었던 것도 같은데, 모두 까마득한 옛날 일 같았다. 굵은 빗방울이 속절없이 내리고 또 내렸다. 배달을 나가기 어려운 날씨였다.

비가 무서웠다. 큰비가 쏟아지던 열흘 전의 일 때문이었다. 콜 한 건당 평소보다 두세 배 많은 배달비가 잡혀 있었다. 두 시간 안으로 일곱 건의 배달에 성공하면 2만 원을 더 주는 프로모션까지 떠 있었다. 프로모션에 도전했다가 실패하기를 몇 번 거듭하면서 깨달은 건, 그게 다 본사가 교묘하게 설계한 상술이라는 사실이었다. 손이 닿지 않는 높이에 매달린 고깃덩이를 향해 하염없이 뛰어오르는 짐승이 된 것 같았다. 이런 날씨에 프로모션이라니, 회사도 어지간히 급한 모양이었다. 신체의 안전을 팔아서 돈을 버는 기분이 들었지만 눈앞에 보이는 큰 금액은 앞이 보이지 않는 빗길 속으로 오토바이를 몰게 만들었다.

그리고 그날 밤, 나는 오토바이와 함께 넘어졌다. 불고기 피자를 배달하는 중이었다. 앞이 제대로 보이지 않을 만큼 비가 내렸지만 1만 5천 원을 받을 수 있는 콜이었으므로 속도를 올렸다. 그러다가 모퉁이에서 다른 배달 오토바이와 정면으로 맞닥뜨렸다. 상대방이 먼저 브레이크를 잡아 준 덕에 충돌은 면했지만 핸들을 지나치게 꺾은 탓에 쓰러지고 말았다. 상대 라이더가 내게 괜찮으냐고 물었다. 내가 몸을 일으키고 고개를 끄덕이자 큰 목소리로 "조심합시다, 조심!" 외치고는 얼른 출발했다.

제법 호되게 넘어진 느낌이었는데 다행히 다친 데는 없었다. 손발에 감각이 있다는 걸 확인하자마자 오토바이를 살폈다. 심장 뛰는 소리가 귀에 들릴 정도로 가슴이 두근거렸다. 중고이긴 해도 오토바이는 내 전 재산이나 다름없었다. 보호 종료 때 받은 자립지원금에서 원룸 보증금과 첫 달 월세를 내고 남은 50만 원으로 산 오토바이였다. 다행히 오토바이도 큰 이상은 없었다. 그러나 문제는 남아 있었다.

튕겨 날아간 피자 상자가 빗물에 흠뻑 젖고 있었다. 심호흡을 하고 상자를 열어 엉망이 된 피자를 확인했다. 사진을 찍어 본사 관제 센터에 전송했더니 곧바로 직원에게서 전화가 왔다. 전화기 너머의 목소리는 피자와 고객을 걱정하고 내 과실에 대한 책임 문제를 분명히 했다. 친절하지만 건조한 목소리였다. 통화를 끝내며 안전하게 운행하라는 말을 덧붙였지만 그가 말한 안전이 나의 안전을 뜻하는 건 아닌 듯했다.

무섭다는 생각이 든 건 그때였다. 내가 홀몸으로 세상과 마주하고 있다는 사실을 비로소 깨달은 것이었다. 그리고 내가 사는 세상이 내게 조금도 호의적이지 않다는 것, 내 사정 따위 관심 없다는 것, 내가 그런 세상에 맞설 준비를 전혀 하지 않았다는 것을 확실하게 알게 되었다. 나는 다시 밀려오기 시작하는 콜을 무시하고 어플을 껐다. 별점이 깎여 배달 구역 외곽의 저렴한 콜들만 받게 될지도 몰랐지만, 더는 일을 할 수가 없었다.

편의점에서 나오니 머리와 팔에 닿는 빗방울이 굵어져 있었다. 빗물이 가파른 경사로를 따라 계곡물처럼 흘러내려왔다. 물살을 거슬러서 대략 500미터 정도 되는 오르막길을 달려야 했다. 번개와 천둥이 한 번씩 쳤고 비는 시시각각으로 거세졌다. 혹시나 도시락에 물이 들어갈까 봐 가슴에 꼭 안았다. 내 방이 있는 빌라 3층까지 계단을 두 개씩 올랐다. 몸의 열기와 빗물의 습기가 엉켜 숨이 턱 끝까지 차올랐다. 조금이라도 빨리 방으로 들어가고 싶었다. 그런데 바지 뒷주머니에 있어야 할 열쇠가 없었다. 옷의 주머니란 주머니는 다 뒤져 보고 있는데 방 안에서 목소리가 들렸다.

"열려 있어. 들어와."

낯설지 않은, 아니 내가 아주 잘 아는 목소리였다. 조심스레 문을 열었다.

"어떡하니? 천장에서 물이 많이 새는데?"

방 안에 연이 있었다. 뜬금없이 나타나서는 내 방을 걱정했다. 내가 도시락에 곁들여 먹으려고 했던 컵라면까지 먹으면서.

3

비는 네 군데에서 새고 있었다. 화장실 앞과 냉장고 옆, 3단 서랍장 위 그리고 내가 잘 때 머리를 두는 자리. 앞의 세 군데는 이전 폭우 때도 샜던 곳이고 마지막 한 군데는 새로 추가된 곳이었다. 나의 방은 아주 작아서 화장실과 냉장고와 서랍장과 잠자리가 분리되어 있지 않았다. 5평짜리 방 한 칸에 그런 것들이 다 있을 수 있다는 게 새삼 놀라웠다.

방의 풍경이 낯설어 보였다. 내 방이 아니라 연의 방처럼 보였다. 아닌 게 아니라 연은 아주 태연히 방 가운데를 차지하고 있었다. 빗방울이 떨어지는 자리마다 대야와 냄비와 그릇을 가져다 놓기도 했다. 내가 손님이 된 기분이었다. 이 좁은 데서 사람이 어떻게 사나, 작은 집에 초대받은 몸집 큰 사람이 된 것 같았다.

나는 연에게서 두어 발치 정도 떨어진 자리에 앉았다. 거리를 두려던 것은 아니었다. 그럼에도 더 가까이 다가가지 못한 이유는, 놀랐기 때문이다. 솔직히 말하면 무섭기도 했다. 거의 1년 만에 다시 만났으니 무척 반가웠다. 아니 반갑다는 말로는 부족했다. 연과 만날 수 없게 된 뒤로 자주 꿈꿔 오던 순간이었다. 하지만 그건 일어날 수 없는 일, 그래서 가슴 아픈 일이었고 어느 시점부터는 애를 써 가며 외면해 온 생각이었다. 꿈에서라도 연을 만나면 며칠 동안 마음이 시렸다.

연은 1년 전 여름에 죽었다.

나는 내가 꿈을 꾸고 있다고 생각했다. 그 어느 때보다 생생한 꿈을 꾸고 있다고. 그러지 않고서야 연이 내 방에 앉아 컵라면을 먹는 일이 가능할 리가 없었다.

"꿈 아니야."

연이 내게 말했다. 나는 말없이 침만 꼴깍 삼켰다. 쟤가 지금 무슨 소리를……?

"나, 네가 생각하는 그거 맞다고."

"……?"

"나 귀신이야. 귀신 맞아."

그런 생각까진 안 했는데? 글쎄. 귀신이라기엔 살아 있을 때와 다를 바가 없었다. 무릇 귀신이라 하면 얼굴이 파랗다거나 눈에서 피를 흘린다거나 둥둥 떠다닌다거나…… 그러니까 이건 확실히 꿈?

"꿈 아니라니까? 왜 이렇게 사람…… 아니 귀신을 못 믿지?"

세상에 귀신을 믿을 수 있는 사람이 얼마나 되겠니. 그렇지만 마음은 조금씩 편해지고 있었다. 연의 표정과 말투가 내가 알던 그대로였기 때문이다. 여느 사람 앞에서와는 달리 내게는 농담도 곧잘 하고 목소리를 높이기도 하던 생전의 연이 눈앞에 있었다. 꿈이어도 좋아. 네가 귀신이어도 괜찮아. 나는 비로소 입을 떼어 볼 수 있었다.

"그럼 여긴 어떻게?"

퉁, 투둥, 퉁―. 대야와 냄비와 그릇 위로 서로 다른 타이밍에 떨어지는 빗방울 소리가 묘하지만 편안한 리듬을 만들었다. 비스듬한 방향으로 앉았던 자세를 고쳐서 연을 마주 보았다.

"잘 지냈어?"

연은 내 질문에 대답하는 대신 내게 물었다. 머릿속에 많은 장면이 스쳐 지나가고 많은 말들이 지나갔다. 나는 그 말들 중에 어느 것도 고르지 않고 다른 말을 했다.

"응. 잘 지냈어."

물론 거짓말이었다.

4

연은 비를 타고 왔다고 했다. 빗방울 하나를 잡아탄 다음 저 세상에서 여기 이 세상으로, 뛰어내려도 무섭지 않을 정도의 높이에서 퐁, 점프를 해서 내 방에 들어왔다는 설명이었다. 나는 그때까지도 연을 만난 게 현실의 일이라고 믿지 못했다. 그래서였을까? 나도 비를 한번 타 보고 싶다는 철없는 생각을 했다. 하마터면 말로 뱉을 뻔까지 했지만 간신히 참았다. 그런 말은 연에 대한, 죽은 이에 대한 예의가 아닌 것 같았다.

"생각하는 것만큼 재밌진 않았어."

연이 말했다. 내 생각을 읽기라도 한 것 같았다. '저 세상'이라는 데에 가면 그런 것도 할 수 있는 걸까?

"독심술 같은 걸 할 수 있게 됐어?"

"그런 건 못하지."

"그럼 어떻게 말하지도 않은 걸 알아?"

"네 얼굴에 다 쓰여 있으니까."

비가 그치려는지 빗방울의 리듬이 조금 느려졌다.

빗줄기가 약해진 건 아니었다. 연이 빌라 건물 위로 떨어지는 빗방울을 조금 밀어 냈기 때문이었다. 연은 커튼 사이로 손을 넣듯이 빗줄기를 갈라서 약간의 빗방울을 다른 데로 보냈다. 천장에서 떨어지는 빗방울이 확연히 줄어들었다.

"내가 할 수 있는 건 이 정도일 뿐이야. 소소한 것들."

연이 말했다. 충분히 대단한데? 나는 솔직히 감동했다. 연이 나를 위해 뭔가를 힘껏 해 주고 있다는 게 느껴져서였다.

"너무 감동받지 마. 이게 처음도 아닌걸."

연은 제 팔을 베고 모로 누우며 말했다.

"너, 마음 읽을 수 있지?"

내가 묻자 연은 빙긋 웃기만 할 뿐 똑 부러진 대답은 하지 않았다. 대신 다른 이야기를 했다.

"열흘 전 기억나?"

"열흘 전이라면……?"

"너 빗길에서 넘어졌을 때 말이야. 너랑 오토바이가 어떻게 멀쩡할 수 있었을 것 같아?"

맞는 말이었다. 미끄러운 빗길에서 헬멧 말고는 다른 보호구도 없이 넘어졌는데 다치지 않은 건 확실히 이상했다. 연은 그때 발을 집어넣었다고 했다. 내 몸과 오토바이가 땅바닥에 부딪히기 직전에 발을 쑥 넣어 받쳐 주었다는 거였다.

"발등으로, 웃챠!"

연은 그렇게 말하며 발을 쭉 뻗는 시늉을 했다.

"발등?"

내가 물었다.

"워낙 급하니까 손을 쓸 수가 없잖아. 그래서 발등으로 받았지. 네가 가르쳐 준 거 있잖아. 발로 축구공 받는 거."

"트래핑?"

"응. 그거. 발등 트래핑으로 딱."

연은 스스로가 대견하다는 듯이 자기 발등을 손으로 쓰다듬었다.

나는 몇 해 전 여름을 떠올렸다. 아마도 우리가 열네 살이었을 때, 보육원에서 영원히 살 수 있을 것만 같았던 때, 어른이 되고 싶지만 그런 날은 아득히 먼 훗날의 일이라고만 생각했던 때. 잡초가 무성하게 자란 보육원 뒤뜰에서 가죽이 벗겨진 축구공으로 트래핑 연습을 한 날이 있었다.

연이 내게 트래핑을 알려 달라 해서였다. 수행평가라고 했던가. 나는 축구를 잘하지 못했기 때문에 바로 알려 줄 수가 없었다. 대충 핑계를 대고 며칠 시간을 번 뒤에 학교 도서관에서 축구 레슨 책을 읽어 보고 동영상을 찾아보며 혼자 연습을 했다. 결과적으로 연은 제대로 된 트래핑을 배우지 못했다. 솔직히 말하면 우리 둘 다 엉망이었다. 공은 이리 튀고 저리 튀었다. 그래도 연은 나를 원망하는 말을 하지 않았다. 나는 오랜만에 정말로 많이 웃었다. 연을 그때까지와는 다른 의미로 좋아하기 시작한 날이었다.

그러나 나는 마지막 순간까지 연에게 내 마음을 전하지 못했다. 알리고 싶다는 생각과 몰랐으면 좋겠다는 생각이 팽팽히 맞섰다. 그러나 연이 세상을 뜬 뒤로는 말하지 않은 걸 후회하는 마음이 훨씬 컸다. 내 마음이 연에게 부담일 수도 있겠지만, 적어도 이 세상의 한 사람은 너를 정말로 소중히 여겼다는 걸 알고 떠났으면 좋았을 텐데, 자꾸 그런 생각이 들었다. 이게 사랑일까. 그 정도는 되어야 말해 볼 수 있을 것 같아. 고민하는 사이 시간은 흘러갔고 무한할 줄 알았던 연과의 날들은 어느 날 칼에 끊기듯 잘려 버렸다. 연을 향한 마음의 정체를 깨달은 건 연이 죽고 나서도 꽤 시간이 흐른 뒤였고, 당연히 너무 늦은 때였다.

그런데 연이 내 앞에 왔다. 이번에는 말할 수 있을까? 연은 손을 모아 배 위에 올리고 눈을 감고 있었다. 용기가 나지 않았다. 잠을 자는지 눈만 감았는지 알 수 없는 연의 얼굴을 보며 망설임만 더해 갔다. 내 마음을 읽을 수 있다면 어서 읽어 보라고, 속으로만 입 안에서만 말했다. 연이 눈을 떴다. 귀신들이 그러는 것처럼 번쩍, 뜨지 않고 느리고 느긋하게 떴다.
잘 자고 일어난 사람 같은 얼굴이었다.

나는 연에게 물었다.

"여기에 왜 온 거야?"

5

연은 눈을 껌뻑이며 위를 보았다. 천장의 형광등을 보는
것 같았지만 어쩐지 그 너머의 하늘, 까만 밤하늘 그리고 거
기서 내리는 빗방울을 헤아리는 것처럼 보이기도 했다. 눈을
감을 때마다 미간을 찌푸리는 것이 비를 맞는 사람의 표정과
비슷했다. 꽤 오랫동안 그러고 있던 연이 천천히 몸을 일으켰
다. 그리고 나를 마주 보았다.

"더 중요한 건 안 물어보네?"

"뭘?"

"내가 여기 어떻게 왔는지, 왜 왔는지보다 더 궁금한 게
있잖아."

물론 있었다. 정말 궁금한 건.

"왜 하필 너를 찾아왔는지, 안 궁금해?"

연의 말대로였다. 물어보기가 겁이 났을 뿐이었다. 내게 그 질문은 오래 망설인 고백이나 다름없었다. 막상 연을 만나니 마음은 또 두 갈래로 달리는 중이었다. 말하고 싶어. 그럴 수 없어. 그래서 연의 질문을 돌려줄 수밖에 없었다.

"왜 나를 찾아온 거야?"

연은 뜻밖의 대답을 했다.

"나 너 좋아하잖아."

뭐라고? 내가 무슨 말을 들은 거지, 지금? 이건 역시…… 꿈인가?

"설마 몰랐어?"

딸꾹질이 나올 것 같았다. 아무 대답도 못하고 고개만 끄덕였다. 연은 고개를 절레절레 흔들었다. 그리고 덧붙여 말했다.

"나한테 제일 큰 미련이 너야. 너랑 하고 싶은 일이 있어. 너와 함께 만나야 하는 사람들이 있고. 그래서 온 거야. 백 번을 생각해도 천 번을 고민해도 나한텐 너였어."

눈물을 흘리거나 활짝 웃거나 아니면 그 비슷한 무엇이라도 해야 할 것 같았는데 아무것도 할 수가 없었다. 그저 연과 다시 마주 보는 것, 조금 더 가까이 다가가 앉는 것, 그게 내가 할 수 있는 전부였다. 그리고 그것만으로도 완벽하게 좋았다. 연의 마음도 다르지 않다는 게 느껴졌다. 연이 가만히 내 손 위로 자기 손을 포겠다. 심장이 배꼽과 목구멍 사이를 오르내리며 뛰는 기분이었다.

1장 수우수우

1

　나를 보는 연의 눈동자 속으로 우리가 함께 보낸 장면들이 지나가는 것 같았다. 연의 눈가에 웃음이 번졌다. 그러더니 연이 내 이마를 톡 쳤다. 살짝 건드렸는데 나도 모르게 몸이 뒤로 넘어갔다. 등허리부터 뒤통수까지 물결치듯 차례대로 바닥에 닿았다. 누가 따뜻한 손으로 쓸어 준 것처럼 눈이 스르르 감겼다.

　그대로 잠이 드나 싶었는데 어느샌가 나는 빗방울 위에서 있었다. 작디작은 빗방울 하나에 올라가 있는 게 가능할 정도로 내 몸이 작고 가벼워졌다. 연은 내 주변의 빗방울들을 가볍게 건너다니며 내게 물었다.

"기분이 어때?"

높은 곳에서 아래로 빠르게 떨어지는 놀이 기구를 탈 때의 느낌을 상상했는데, 직접 타 보니 전혀 달랐다. 빗방울은 놀라우리만치 천천히 떨어졌다. 하늘과 땅 사이로 난 길을 산책하는 기분이었다. 길은 아주 길고 나의 걸음은 느려서 영원히 끝나지 않을 것 같은 산책이었다.

무섭지 않은 건 아니었다. 어쨌든 허공에 떠 있는 느낌은 분명했고 의지할 것이라고는 출렁이는 액체의 표면뿐이었으니까. 불안해하던 내가 진정한 것은 연의 음성 덕분이었다.

수우수우—

연이 입으로 소리를 냈다. 아기 재우는 소리 같기도 하고 숲속에 부는 바람 소리 같기도 했다. 나의 기억 속에 있는 소리였다.

연과 내가 초등학교 6학년이던 해의 여름이었다. 학교에서 단체로 수련회를 갔는데, 둘째 날 오후에 장애 체험이라는 걸 했다. 수련원 2층 소강당에서 휠체어를 타고 화장실까지 간 다음에 손을 씻고 오거나 한 사람이 소리를 내지 않고 입만 벌려 단어를 말하면 다른 한 사람이 맞히는 게임을 했다.

그런 활동을 한참 한 다음, 모자를 깊게 눌러 쓴 교관이 우리 앞에 섰다. 그는 우리에게 감사하는 마음을 가지라 했다. 건강한 몸으로 살게 해 주신 부모님께 감사하라고. 나는 그 말이 이상했다. 그럼 장애가 있는 사람은 부모를 원망이라도 해야 해? 그와 동시에 아, 나는 원망할 부모도 없구나, 새삼스러운 사실을 깨달았다.

그리하여 내 마음은 두 번, 어쩌면 그 이상으로 꼬였다. 연은 어떤 생각을 하고 있을까? 어떤 표정을 짓고 있을까? 알 것 같으면서도 궁금했다. 연이 있는 쪽으로 고개를 돌려 보고 싶은 걸 간신히 참았다. 혹시라도 나와 연이 서로를 마주 보게 되면 다른 아이들이 전부 우리를 쳐다볼 것 같았다. 수군수군 쑥덕쑥덕. 듣기 싫은 소리가 주위에 가득 찰까 겁이 났다.

마지막 체험은 두 명이 짝을 지어 1층 출입구까지 가는 것이었다. 한 사람이 다른 한 사람을 업고 가야 했다. 업는 사람은 안대로 눈을 가렸다. 걷지 못하지만 눈이 밝은 사람과 걸을 수 있지만 눈이 어두운 사람 사이의 협동. 우리에게 필요한 건 협동과 공동체 정신. 수련회 내내 들었던 말이 또 반복되고 있었다. 그럼 걷는 것과 보는 것을 다 할 수 없는 사람은 누구와 협동을 하지? 마음이 자꾸 삐딱해졌다. 안 하겠다고 말할 용기도 없으면서 마음만 그랬다.

누구랑 같이 하나 주위를 둘러보고 있는데 연이 나에게 왔다.

"여기 진짜 별로다."

연이 내 귀에 대고 투덜거렸다. 그러고는 후딱 끝내 버리자면서 내게 안대를 주고 업혔다. 엉겁결에 연을 업고 교관의 출발 신호에 따라 앞으로 걸었다. 낡은 안대에서 시큼한 냄새가 났다. 콧등과 안대 사이로 빛이 새어 들어왔지만 걷는 데 도움은 되지 않았다. 연은 걸어도 된다고, 앞에 아무도 없다고 말했지만 발을 떼기가 어려웠다. 내가 넘어지면 연까지 다칠 테니까. 우리 둘이 나란히 다치면 또 누가 수군수군 쑥덕쑥덕 댈 테니까. 바로 그때였다.

"수우수우—."

연이 그 소리를 냈다. 나를 달래려는 듯이, 숨을 천천히 마셨다가 천천히 뱉으면서. 나는 연이 내는 소리의 박자를 따라 차츰 마음을 놓았고 연이 시키는 대로 걸을 수 있었다. 출입구 앞에 선 교관에게 "불쌍한 사람을 돕겠습니다!"라고 외치자 끝이 났다.

밖으로 나오니 담임 선생님이 초코파이를 하나씩 나눠 줬다. 연은 저만치 떨어져서 초코파이를 먹었다. 나도 굳이 연에게 가지 않았다. 겁이 많은 나를 위해 연이 일부러 와 주었다는 걸 모르지 않았지만, 고맙다는 인사는 나중에 하는 편이 나을 듯했다. 적어도 그 자리에서는 하지 않는 게 좋을 것 같았다.

빗방울 위에 있는 게 익숙해진 뒤에 연에게 물었다.

"너 무슨 소리를 내는 거야?"

"수우수우—?"

"응. 그거."

"이거 빗소리 흉내 내는 거잖아. 어릴 때 네가 나한테 들려준 건데?"

"내가?"

"응. 네가."

아주 오래전 어느 날, 보육원 낮잠 시간. 잠을 자지 않으면 혼이 날지도 모르는데 연이 잠들지 못하고 있었다. 연은 빗소리를 들으면 잠이 올 것 같다고 했지만 그날은 날씨가 아주 맑았다. 그래서 내가 입으로 빗소리를 내 주었다는 거였다.

"그래서 잠을 잤어?"

내가 물었다.

"그럼. 바로 잠들었지."

연이 대답했다.

수우수우─. 작게 소리 내 보았다. 정말로 마음이 편해지는 느낌이었다.

2

한참을 내려간 것 같은데 지상은 아직 멀었는지, 내 눈에 보이는 건 푸르스름한 밤하늘과 헤아릴 수 없이 많은 빗방울 그리고 하늘을 올려다보고 있는 연이었다.

"너도 이렇게 해 봐."

연의 말을 따라 나도 고개를 들었다. 내가 탄 빗방울보다 늦게 출발한 빗방울들이 하늘을 가득 메우고 있었다. 어둠 속이었지만 빗방울들에서는 빛이 났다. 시야에 별들이 쏟아져 들어오는 듯했다. 우주를 유영하는 기분이었다. 내가 살면서 본 것 중에 가장 아름다운 광경이었다.

"같이 봐서 좋네."

연이 말했다.

그 시간이 영원하기를 바랐지만 그럴 수는 없었다.

"다 왔다."

연의 말에 아래를 보니 어느새 지상의 불빛들이 가까이 다가와 있었다. 연은 나와 함께 내 방이 있는 곳까지 내려와 주었다. 작은 창문 너머로 반듯이 누워 있는 내가 보였다. 좋은 꿈을 꾸고 있는 것 같았다.

"잘 자. 또 봐."

연은 인사말을 남긴 다음 통통 뛰어서 다른 빗방울로 옮겨 탔다. 10만 개 중에 하나씩 있다는, 하늘을 향해 올라가는 빗방울을 타고 저 세상으로 갔다. 순식간에 사라져 버렸다. 내가 인사를 할 틈도 없이. 나를 찾아와 줘서 고맙다는 말을 할 틈도 없이. 아름다운 걸 보여 줘서 기뻤다는 말을 할 틈도 없이. 잘 가. 또 와. 나는 혼잣말을 하고 빗방울에서 뛰었다.

네 몸을 향해 다이빙하듯이 뛰면 돼.

조금 무서웠지만 연의 말을 믿고 힘껏 점프했다.

눈을 떴을 때 세상은 아침이었다. 정말 꿈이라도 꾼 걸까? 하지만 평소 잠에서 깨었을 때와는 확연히 다른 느낌이었다. 몽롱하지도 피곤하지도 않았다. 푹 잤을 때도 느껴 본 적 없는 어떤 개운함이 있었다. 빗방울을 타고 있을 때의 기분 좋은 온도와 습도가 여전히 생생했다. 방에 놓인 빈 컵라면 용기와 물받이를 해 둔 물건들도 지난밤의 일이 현실이었음

을 알려 주는 듯했다. 그러나 한편으로 불안해지는 것도 어쩔
수 없었다. 어떤 꿈은 실제보다 생생하니까. 연과 다시 만난
일을 잃고 싶지 않아서 당연한 사실을 외면하려 하는 건 아닌
지, 나 자신이 의심스러웠다.

　그래도 일단은, 연을 기다려 보기로 했다. 비가 내리는 날
에 다시 오겠다고 했으니까. 오지 않으면 꿈이었던 거고 오면
진짜인 거지. 그래, 단순하게 생각하자. 하지만 마음은 그렇게
되지 않았다. 연이 오지 않는다면, 간밤의 일이 그저 꿈이었던
게 된다면……. 새삼스레, 아주 많이, 슬퍼질 것 같았다. 마음이
자꾸 울렁였다.

　3

　연을 기다리는 마음은 불안과 설렘으로 뒤섞여 어지러웠
지만 내게는 살아 내야 할 삶이 있었다. 나흘 만에 배달 어플
을 켜고 오토바이에 올랐다. 꾸준히 일을 하지 않아서인지, 콜
을 거부한 적이 있어서인지, 들어오는 콜들은 죄다 라이더들
사이에서 ‘똥콜’로 통하는 것뿐이었다. 콜 하나당 배달료가 3
천 원이 채 되지 않는데 픽업 장소 사이의 거리가 평균 4~5킬

로미터는 되는 콜들이었다. 도심 번화가에서 한 시간을 기다려도 제대로 된 콜이 들어오지 않았다. 어쩔 수 없이 조금씩 외곽으로 나갔더니, 똥콜로 가득한 지역까지 밀려나게 된 것이었다. 혹시나 하는 마음에 한 건을 배달했지만 다음 콜도 마찬가지였다. 그래도 또 했다. 본사가 자랑하는 AI 시스템이 내 의지와 노력을 합리적으로 분석해서 다시 좋은 콜을 주지 않을까 하는 기대에서였다.

그러나 배달을 할수록 처음 출발한 장소에서 멀어지기만 했다. 그대로 가다가는 이동하는 데 쓴 주유비조차 벌지 못할 것 같았다. 그러는 동안 시간은 피크 타임을 지나 버렸고 10분이 넘도록 콜이 하나도 들어오지 않았다. 헬멧을 벗고 심호흡을 해 봐도 답답한 마음은 진정되지 않았다. AI가 나를 의도적으로 괴롭히는 게 아닌가 하는 생각이 들었다.

라이더들이 모이는 인터넷 커뮤니티에 접속했다. 검색 창에 똥콜이라고 입력했더니 많은 수의 게시 글이 검색되었다. 그중에서 눈에 띈 제목은 '저 AI한테 벌 받는 건가요?'였다. 그 글을 눌러 보았다.

안녕하세요? 일 시작한 지 한 달 정도 된 뉴비 라이더입니다.

제가요…… 지난 주말에 프로모션 뛰다가(점심이랑 저녁 피크 때 네 시간 동안 콜 열다섯 개 성공하면 2만 원 더 준다고 했어요.) 완료까지 두 개 남기고 콜 거절 딱 한 번 했거든요? 변명을 하자면…… 그날 제가 사는 지역 최고 기온이 39도였어요. 오후에 소나기가 한 번 와서 저녁에는 습도까지 장난 아니더라고요. 엘리베이터 없는 건물 4층에 커피 여섯 잔 배달하고 내려오는데 진짜로 죽을 것처럼 하늘이 노래지는 거예요. 그렇다고 프로모션 포기는 안 되잖아요. 그래서 딱 한 건 거절하고 500원짜리 아이스크림 하나 사 먹었거든요. 한 3분이나 쉬었을까요? 다음부터 콜이 딱 끊기는 거예요. 이게 말로만 듣던 AI의 복수인가 싶더라고요. 프로모션 시간은 걍 끝나 버리고……. 너무 화가 나서 어플 켜 놓고 욕을 했어요. AI 이 X발로마! 딱 한 번요. 그런데 이게 또 똥콜만 주기 시작하네요? 아시잖아요. 원래 프로모션 끝나야 찐으로 피크 타임인 거. 제가 있던 곳이면 좋은 콜이 수두룩할 시간이었는데도 자꾸 멀리로, 돈 안 되는 데로, 오르막길로 보내는 거예요. 그날은 그냥 어플 끄고 일 접었는데 그 뒤로 맨날 이상한 콜만 뜹니다. 이거 뭐 죠? 제가 진짜 AI를 화나게 한 건가요? 혹시 제가 욕한 걸 AI가 알아들은 건 아니겠죠? 왠지 벌 받는 기분이 드 는데. 이거 맞아요? 비슷한 경험 하신 분들 계시면 조언 부탁드립니다.

화면을 내려서 댓글까지 읽었다. 게시판에 올라온 지 세 시간도 안 된 글이었는데 제법 많은 댓글이 달려 있었다. 그러 나 대부분은 뾰족한 수를 알려 주지 못했다. 고생이 많다, 그 기분 나도 잘 안다, 위로하는 사람들이 있는가 하면 그러게 왜 콜을 거절하느냐, 사람 쉽게 안 죽는데 엄살은, 글쓴이를 탓하는 사람도 많았다. 그중에 해결책을 제시하는 댓글 하나 가 보였다. 내가 가장 오랫동안 들여다본 건 그 댓글이었다.

진심으로 반성하는 마음으로 다시 해 보세요. 그러면 다 시 좋은 콜이 옵니다.

황당한 말이라고 생각했는데 나도 모르게 마음이 갔다. 글쓴이가 고맙다는 답글을 남긴 유일한 댓글이기도 했다. AI도 어차피 사람이 만든 거니까. 진심으로 후회하고 반성하면 한 번은 봐주지 않을까? 아니 사실은 말만 AI라고 해 놓고 사람이 일하는지도 모르지. 누가 들으면 비웃겠다 생각하면서도 나는 반성하는 마음으로 콜을 기다렸다. 놀랍게도 곧 새 콜이 떴다. 그러나 또 똥콜이었다.

나는 이번이 마지막이라는 심정으로 순살치킨을 받으러 갔다. 시장 골목에 있는 치킨집이었다. 근처에 도착해 보니 등록된 주소는 공영 주차장이었고 치킨집은 걸어서 찾아가야 했다. 두어 번 길을 헤매고 겨우 치킨집에 도착하자 사장이 역정을 냈다. 왜 이렇게 늦어요! 낯선 일도 아니어서 대충 미안하다 말하고 치킨을 받았다. 주차장으로 돌아가 다시 출발하려는데 관리원이 주차비를 내라고 했다.

"저 들어온 지 10분도 안 됐는데요?"

말해 봐도 소용없었다. 일단 들어오면 무조건 2천 원을 내야 한다는 것이었다. 2천 5백 원짜리 콜을 뛰는 중인데 주차비가 2천 원…….. 그래도 시간이 없으니 그냥 돈을 냈다. 이게 다 반성의 과정이다, 참회하는 값이다, 생각하면서 목적지를 향해 달렸다. 배달을 마치고 나니 별점이 깎여 있었다. 이유는 알 수 없었다. 아무래도 AI는 나를 용서해 줄 생각이 없는 모양이었다. 본사 관제 센터로 문의 문자를 보냈다. 기다려도 답은 오지 않았다. 콜도 들어오지 않았다. 빗길에 넘어져 피자를 망가뜨린 날에 통화한 번호를 찾아 전화를 걸었다. 수신이 불가능한 번호라는 안내 음성이 나왔다. 하는 수 없이 최후의 수단을 썼다.

커피를 배달하다가 엎었어요.

문자를 보냈다. 곧바로 전화가 왔다.

"라이더 님. 배달 사고가 있었나요?"

"아뇨. 사실은 통화를 좀 하고 싶어서 거짓말을 했어요."

수화기 너머로 한숨인지 비웃음인지 알 수 없는 숨소리가 들렸다. 울컥 치미는 가슴속의 무언가를 누르며 직원의 말을 기다렸다.

"무슨 일이시죠?"

"제가 자꾸 출발지에서 멀리 떨어진 콜만 받고 있어요. 배달료도 하나같이 싼 것뿐이고요. 방금 전에는 별점까지 깎였어요. 딱히 잘못한 것도 없는데요."

대답 대신 키보드 두드리는 소리가 들렸다. 그리고 잠시 뒤 직원은 빠른 속도로 말했다.

"라이더 님. 콜 배치와 별점은 본사 AI 시스템의 철저한 관리 아래 이루어집니다. 라이더 님의 배달 패턴을 분석하여 합리적인 방식으로 진행하고 있으며 별점과 콜 배치 사이에는 직접적인 연관이 없음을 알려 드립니다."

내가 묻지도 않은 별점과 똥콜의 관계까지 설명하는 것을 보니 아예 매뉴얼로 만들어 둔 답변이 있는 모양이었다. 이 사람과 AI가 뭐가 다를까, 생각이 들었다.

"알겠습니다."

전화를 끊고 어플도 껐다. 오늘 저녁은 굶는 게 맞겠지? 집으로 돌아가는 길을 검색해 보니 도착까지 50분이라고 나왔다.

4

행정 구역상으로는 같은 도시인데 어째서 50분이나 걸리는 걸까. 도대체 어쩌자고 나를 이렇게 멀리까지 보낸 걸까. 그건 AI가 직선거리를 기준으로 콜을 배치하기 때문이었다. 세상의 모든 길이 직선으로 만들어졌을 리가 없는데. 그런데

도 AI가 똑똑하고 합리적이라고 할 수 있을까. AI에게 욕을
했다는 사람의 심정도 충분히 이해가 갔다. 돈을 벌기는커녕
더 쓰고 돌아다닌 날이 되어 버렸다.

쓸쓸한 기분으로 지도 어플 화면을 이리저리 밀었다. 몇
번 툭툭 밀다 보니 지도 위에 이름이 익숙한 호수가 보였다.
어릴 때 보육원 아이들과 소풍으로 몇 번 가 본 곳이었다. 민
물낚시를 하는 사람들만 드문드문 있을 뿐 유원지나 공원이
조성되지 않은, 물만 많은 호수였다. 쓸쓸하고 스산했지만 소
풍이었기 때문에 조금은 좋아했던 곳이었다.

그리고 그 호숫가에서, 연이 죽었다.

심장 마비였다.

연의 마지막 행선지는 호수를 바라보고 있는 중국집이었
다. 연은 그곳에 혼자 가서 짬뽕 한 그릇과 맥주를 시켰다. 중
국집에서 나갈 때 연이 앉았던 테이블에는 건더기에 거의 손
을 대지 않은 짬뽕 그릇과 빈 맥주병 하나가 놓여 있었다. 그
리고 30분 뒤, 연은 호숫가의 벤치 앞에서 쓰러졌고 이튿날
아침에 발견되었다. 세상에는 큰비가 내렸다. 연의 죽은 몸은
밤새도록 비에 젖었다.

장례식이 끝난 뒤에 연의 담임 선생님은 반 아이들에게

하얀 국화를 한 송이씩 나눠 주었다. 아이들이 책상에 올려놓은 국화를 보면서도 나는 연이 죽었다는 사실을 믿기가 힘들었다. 죽기 전날 내게 밥을 사 주었을 때 본 모습이 내가 기억할 수 있는 연의 마지막이라는 사실이 받아들여지지 않았다. 그럴 줄 알았다면 더 자세히 봐 둘걸. 후회스러워 견딜 수가 없었다. 연이 사 준 맛있는 음식에만 정신이 팔려 있던 내가 너무나 한심스러웠다. 그때 연이 무슨 말을 했는지, 어떤 표정을 지었는지 제대로 기억하는 게 없는 자신이 미웠다. 내가 확실히 기억하는 건 또 보자는 내 인사에 말없이 웃던 연의 얼굴, 이제 와 생각하면 확실히 쓸쓸해 보이던 얼굴뿐이었다.

호수 이름을 가만히 곱씹어 보고 있자니 연과 내가 물수제비 연습을 하던 때가 떠올랐다. 연과 둘이서 호수에 갔던 날이었다. 그날 연은 친구와 다퉜다고 했다. 나도 아는 친구였다. 나는 연의 편을 들지도, 그렇다고 그 친구 편을 들지도 못하고 연의 이야기를 가만히 듣기만 했다.

"물 보러 가자."

이야기를 마친 연이 그렇게 말했다. 우리는 버스를 타고 호수에 갔다. 연은 익숙한 장소에 가는 것처럼 망설임 없이 버스를 갈아탔다. 버스를 탈 줄 알게 된 뒤로 혼자서 종종 호수에 갔었다고 했다. 커다란 물을 보고 있으면 마음이 편해지는데, 너무 크면 싫고 딱 그 호수 정도의 크기가 좋다고 했다. 바다는 좀 무섭고 강물은 좀 슬프다고. 연의 말을 완전히 이해하긴 어려웠지만 호수를 보고 앉아 있으니까 마음이 편해지긴 했다.

우리는 해가 질 때까지 물수제비를 던졌다. 연은 언더핸드 스로 투수처럼 멋지게 돌을 던졌지만, 돌은 수면 위로 세 번 이상을 튀어 오르지 못했다. 연도 나도 운동에 소질이 없어서 애꿎은 돌만 호수에 계속 던져 넣을 뿐이었다.

"돌들에게 몹쓸 짓을 하는 것 같네."

연은 뚱한 표정으로 손을 털었다. 그리고 싸운 친구의 이름을 크게 외쳤다. 넓은 호수에 연이 외친 이름이 울리다가 사라졌다.

"속이 좀 풀려?"

내가 물었다.

"아니."

연이 대답했다. 연은 다시 가방을 들고 앞장섰고 나도 따라갔다. 물수제비 잘 뜨는 법을 배워 볼까 생각했다. 정말 잘 던져서 돌들을 가라앉히지 않고 건너편으로 보내고 싶었다. 그러나 호수에 다시 가지는 않았다.

5

호수에 가 보기로 했다. 물수제비를 뜨고 연의 이름을 외쳐 보고 싶었다. 해가 지기 전에 서둘러 가야 한다는 생각에 서둘러 달렸다.

중국집은 호숫가에 있는 유일한 식당이었다. 내가 도착했을 때는 시간이 오후 다섯 시를 조금 지나는 중이었다. 저녁을 먹기에는 조금 이른 시간인데도 식당에 손님이 많았다. 혼자 온 사람은 나뿐이었다. 잠시 쭈뼛거리고 서 있으니 종업원이 나를 구석 자리로 안내했다. TV가 잘 보이는 자리였다. 혼자 온 손님이라 배려해 준 것 같았다. 연에게도 이렇게 해 주었을까? 친절하게 대해 주었을까? 나는 음식을 기다리며 계속 연을 생각했다. 떠올리려 하지 않아도 자꾸 그렇게 되었다.

짬뽕은 맛이 좋았다. 그럴 기분이 아니었는데도 남김없이 다 먹을 만큼 맛있었다. 이 음식이 맛있는 건 연에게 다행이었을까? 연이 이 세상에서 마지막으로 먹은 음식이 맛있는 것이어서 다행이다 싶다가도, 이걸 거의 손도 대지 않았다고 하니 다행이라 할 수 없나 싶기도 했다.

식당에서 나와 호수 주위를 걸었다. 한낮의 열기가 조금 꺾였는지 불어오는 바람이 꽤 선선했다. 중국집에서 얼굴을 보았던 사람 몇몇이 산책로에 있었다. 그들과 거리를 두고 걸으며 수면이 반짝이는 걸 보았다. 연이 죽은 곳이라는 걸 알아도 석양이 내리는 호수는 어쩔 수 없이 아름다웠다. 드문드문 놓인 벤치마다 풍경을 감상하는 사람들이 있었다. 사람들의 까맣고 동그란 뒤통수를 하나씩 지나치며 나는 계속 걸었다. 출발한 곳에서 정반대 지점까지 가니 더는 사람이 없었다.

50미터쯤 앞에 호수의 저수량을 조절하는 제방이 있었다. 호수의 마지막 벤치가 있는 곳이었다. 사람들은 그 지점에서 돌아갈 것이었다. 잠시의 산책을, 여행을, 휴식을 마치고 자신들이 사는 곳으로, 자신들의 삶이 있는 곳으로 돌아가기 위해 발길을 돌릴 것이었다. 하지만 연은 그러지 못했다.

나는 연의 마지막 순간을 더듬어 보는 기분으로 벤치에 앉았다. 제방 입구 철문에는 관계자 외에 출입을 금한다는 팻말이 붙어 있었다. '금지'라는 말이, 빨간색 글자가, 오히려 나를 끌어당기는 것만 같았다. 위험해. 가면 안 돼. 생각은 그렇게 하면서도 걸음이 멈춰지지 않았다. 손에 납작한 돌을 든 채였다. 제방 가운데에서 딱 한 번만 물수제비를 뜨고 연의 이름을 불러 보고 싶었다.

금세 철문 앞까지 갔고 문은 생각보다 너무나 쉽게 열렸다. 홀린 듯이 문 안으로 들어갔다. 제방 위에 서서 보니 고요하게 멈춰 있는 것 같던 호수의 물이 상상 이상으로 빠르게 흘렀다. 나도 모르게 하늘을 올려다보았다.

하늘이 어두컴컴했다. 휴대폰을 꺼내 날씨를 확인했다. 2주 내로 비 소식은 없었다. 짧게 한숨을 쉬고 물수제비를 뜨기 위해 팔을 뒤로 뻗었다. 그리고 그 순간, 나는 미끄러졌다. 심장이 덜컥 내려앉았다. 비명조차 지를 수 없었다. 눈을 질끈 감고 마지막이 덜 고통스럽기를 바랐다. 바로 그때, 누구에게 멱살을 붙잡히는 느낌이 들었다. 몸이 중력을 거슬러 둥실 떠올랐고 눈을 떠 보니 내가 제방에 걸터앉아 있었다. 빠른 물살이 엉덩이와 허벅지에 닿았다. 물의 차가운 기운에 정신이 번쩍 들었다. 갑자기 몸이 사시나무처럼 떨렸다. 죽을 뻔했어. 진짜로 죽을 뻔했어.

"수우수우—."

귓가에 소리가 들렸다. 화들짝 놀라 옆을 보니 연이 앉아 있었다.

"넌 여전히 손이 많이 가는구나."

연이 말했다. 역시 꿈이 아니었어! 그렇지만 비는 내리지 않았는데?

그 순간 하늘이 먹구름으로 가득 차더니 빗방울이 하나 둘 떨어졌다. 연을 보았다. 연이 손을 내밀며 말했다.

"세상에는 예고 없이 내리는 비도 있으니까."

2장 해원

1

연과 함께 오토바이를 탔다. 지방 도로에 깔린 컴컴한 어둠을 오토바이의 흐린 불빛으로 간신히 밀어내며 달렸다. 한껏 속도를 올린 차들이 앞과 뒤로 씽씽 지나쳐 갔다. 그럴 때마다 나는 연이 위험할까 걱정되어 손잡이를 더 세게 붙들었다.

연이 만들어 준 보이지 않는 동그란 우산 덕분에 비바람을 막을 수 있었다. 우산 속은 고요했다. 그 안에서 우리는 이야기를 나누었다. 우리 둘 다 아는 사람에 관한 이야기, 우리가 물수제비를 뜨던 날 연과 다투었던 친구에 관한 이야기였다.

그 애의 이름은 해원이었다.

해원은 우리와 중학교, 고등학교를 같이 다녔다. 한때 우리와 친했으나 어느 순간 멀어진 아이였다. 그리고 1년 전, 연과 같은 곳으로 현장 실습을 나갔던 아이였다. 현장 실습을 나간 뒤로 나는 해원을 본 적이 없었다. 연이 죽은 뒤에 해원은 졸업식에도 장례식장에도 그 어디에도 나타나지 않았다. 화가 나거나 서운하지는 않았다. 너는 우리를, 연을, 그 정도로밖에 생각하지 않았구나. 확실히 알게 되었을 뿐이었다.

그러므로 연이 굳이 왜 해원 이야기를 하는지 의아했다. 하지만 나는 연의 말을 끊지 않고 들었다. 어떤 이야기든 연의 목소리로 듣는 게 기뻐서였다.

나는 해원을 연의 소개로 알게 되었다. 중학교 2학년 체육 대회 날이었다. 1년 중 거의 유일하게 여학생 복도와 남학생 복도의 경계가 허물어지는 날, 연은 해원의 손을 잡고 우리 반에 왔다. 남학생 반 앞에 이미 여학생들이 많이 와 있었지만, 복도 끝 우리 교실까지 들어온 사람은 연과 해원밖에 없었다. 그런 날에 복도 끝에 있는 반은 외딴섬 같았다.

고요한 교실에 연이 나타났을 때 나는 놀랐다. 연의 볼에 페이스페인팅이 되어 있어서였다. 하얀 얼굴에 핑크색 리본을 단 고양이 그림이었다. 연이 그런 걸 할 거라고 생각해 본 적이 없었다. 함께 온 해원의 얼굴에도 똑같은 그림이 그려져 있었다. 연의 얼굴에 그려진 것이 더 예뻤다. 서로가 서로의 얼굴에 그려 준 것이어서 그랬다. 사실 연이 해원의 얼굴에 그림을 그린 것도 놀라운 일이었다. 연이 저런 걸 하게 만들다니, 아주 밝은 아이인가 봐, 해원을 보며 생각했다.

그렇지만 가장 놀라웠던 건 해원의 등장 자체였다. 그때까지 연에게 친구가 전혀 없었던 건 아니지만, 내게 소개까지 해 준 사람은 해원이 처음이었다. 연에게 그런 친구가 생겼다는 사실이 내겐 놀라웠다.

2

우리가 언제나 조용하기만 한 아이들은 아니었지만 셋이 함께 있으면 말을 많이 하지 않았다. 가끔은 숨소리만 들릴 정도로 고요했다. 누구는 보기만 해도 우울해진다고 했고 누구는 너네 싸웠느냐고 묻기도 했지만, 그러거나 말거나 우리는 그렇게 있는 게 편했다. 우리는 한 사람이 이야기를 하면 어떤 대답을 보태기 전에 고개를 먼저 끄덕였다. 딱히 규칙으로 정한 것은 아니었지만 늘 그랬다. 그마저도 자주 하는 편

은 아니어서, 대부분의 시간을 학교 스탠드에 앉아 운동장을
바라보거나 주머니에 들어 있는 돈을 모아 떡볶이 한 접시와
사이다 한 병을 천천히 나눠 먹으며 보내곤 했다.

해원은 연과 나 사이에 자연스럽게 들어왔고 그다음부터
우리의 시간은 느긋하게 흘렀다. 셋이 된 게 좋았다. 둘만 있
으면 불안한 선(線)으로 이어진 느낌이었는데 셋이 있으니까
단단한 면(面)을 만든 기분이었다. 우리 그리고 우리를 둘러
싼 것에 관해, 사람들이 하는 말들로부터 안전해지는 느낌이
었다. 좋은 것이든 싫은 것이든 우리 주변에는 말이 뒤따랐다.
그래서 우리는 모여 있을 때 말을 많이 하지 않았고, 그 고요
를 퍽 사랑했다.

우리가 영원히 셋일 수 있을까? 그러면 참 좋겠다. 나는
생각했고 아마 연은 더욱 그랬을 것이다. 연은 내가 해원에게
그러는 것보다 훨씬 해원을 좋아했기 때문이다. 그 시절의 연
은 정말로 행복하게 그리고 자주 웃었다.

해원도 부모와 함께 살지 않았다. 우리가 그래서 친해진
것은 아니었지만, 솔직히 말하면 그 사실을 알았을 때 조금
더 가까워지는 기분이 들었다. 우리는 그때 열다섯 살이었고
세계에 자신과 비슷한 게 보이면 그게 무엇이든 퍼즐처럼 맞

춰 보고 싶었다. 우리는 말로 정확히 설명할 수 없는 순간순간의 마음과 기분을 공유했다.

해원의 부모는 해원이 열두 살 때 이혼했다. 아버지는 쉽게 잠들지 못하고 많이 울던 갓난아기 시절의 해원에게 얼른 잠들지 않으면 죽여 버리겠다는 말을 진심으로 하던 사람이었다. 그런 한편 어머니는 해원이 말귀를 알아듣게 되자마자 아버지가 했던 말을 모조리 전해 준 사람이었다. 둘 중 누가 더 해원의 마음에 상처를 줬는지는 알 수 없지만 해원은 밤에 잠이 오지 않으면 몹시 불안해하는 사람이 되었다.

해원이 그런 이야기를 했을 때 연은 눈시울을 붉혔다.

"할머니한테 재워 달라고 하면 안 돼?"

내가 물었고 해원은 쓸쓸히 웃었다. 양육권을 포기한 어머니와 집에 거의 오지 않는 아버지를 대신해 해원을 키운 할머니는 다른 할머니들보다 더 빨리 늙고 약해지셨다. 해원은 할머니에게 기댈 마음을 꽤 어린 시절부터 내려놓고 있었다. 거기까지 알게 되었을 때 나는 어쩌면 해원이 연과 나보다 더 외롭고 불쌍한 아이일지 모른다고 생각했다. 그리고 나는 곧 내게 실망했다. 누구에게 불쌍한 사람 취급을 받는 게 얼마나 기분 나쁜 일인지 잘 알면서 그따위 생각을 했다는 게 부끄러웠다. 나는 왜 연처럼 마음을 다해 울어 주지 못하는 걸까.

연은 해원의 등을 천천히 쓸어 주면서, 수우수우―, 소리
를 냈다.

"잠이 안 오면 이 소리를 떠올려 봐."

말하면서 연은 내 쪽을 쳐다보았다. 얼떨결에 나도 같이
소리를 냈다. 해원이 나와 연을 번갈아 보며 말했다.

"그럴게. 꼭 그렇게 해 볼게."

3

그 뒤로 해원이 불면의 밤을 보내는 날이 줄었는지는 알
수 없지만 우리는 계속 잘 지냈다. 사계절이 한 바퀴를 돌아
우리가 친구가 되었던 늦봄이 왔을 때까지도 그랬다.

그러나 중학교 3학년 여름을 지나면서 해원과 우리는
멀어졌다. 해원은 새로 사귄 친구들에게 훌쩍 마음을 뺏겨 우
리를 멀리했다. 우리가 해원과의 균열을 실감한 것은 보육원
오픈 하우스 날이었다. 오픈 하우스는 1년에 한 번 열리는 보
육원 축제인데, 그날 원생들은 외부 손님을 공식적으로 초대
할 수 있었다. 맛있는 음식이 많이 차려졌고 어린아이들의 재

롱 잔치까지 열려서 보육원의 분위기가 한결 화사해지는 날이었다.

초대하는 손님은 아이들이 다니는 학교의 담임 선생님인 경우가 많았다. 수녀님들이나 간사님들이 초대장을 만들어 학교로 발송하면 그걸 받은 선생님들 중에 참석하는 사람이 있었던 것이다. 부모와 연락이 끊어지지 않은 아이들의 경우에는 어머니나 아버지가 오기도 했다. 드물게 친구를 초대하는 경우도 있었다. 그건 아주 부러운 일에 속했다. 나와 연은 해원을 알기 전까지 친구를 초대하는 일을 상상해 본 적이 없었다. 우리는 어쩌다 한 번 담임 선생님이 방문해 줄 때 말고는 우리끼리 시간을 보냈다. 그러므로 연과 나는 해원에게 초대장을 건네며 설렜고, 해원이 오겠다고 했을 때 무척 기뻤다.

그러나 해원은 오픈 하우스 당일에 일방적으로 약속을 취소했다. 교문 앞에서 기다리고 있던 연과 나에게 달려와 이렇게 말했다.

"급한 일이 생겼어."

그러고는 미안하다는 말도 없이, 우리 대답은 듣지도 않고 다시 뛰어갔다. 나는 당황한 채로 해원의 뒷모습을 눈으로만 좇았다. 해원은 길 건너에 서서 굉음을 내고 있던 오토바이 다섯 대 중에서 맨 앞에 있던 것에 올라탔다. 해원의 엉덩이가 뒷좌석에 붙기가 무섭게 오토바이는 쌩하니 출발해 버렸다.

연과 나는 조용히 보육원으로 돌아갔다. 연은 곧장 3층으로 올라가더니 그대로 모습을 감추었다. 방에는 손님들이 계속 들락거렸기 때문이다. 내가 연이 좋아하는 음식을 챙겨 찾아갔을 때 연은 세탁실 바깥의 야외 건조장에 있었다. 연은 벽에 기대앉아서 바람에 펄럭이는 수건과 침대보를 보고 있었다.

"이거 좀 먹어 봐."

나는 연의 옆에 접시를 내려놓고 앉았다. 연은 음식을 쳐다보지도 않고 말했다.

"설마설마했는데 정말⋯⋯."

해원이 달라졌다고 느낀 게 당장 어제오늘의 일은 아니었다. 3학년이 되면서 키가 쑥 자라고 어른스러워진 해원 주변에 우리가 아닌 다른 아이들이 머무는 시간이 늘었다. 해원의 외모를 칭찬하며 다가온 그 아이들은 해원에게 이런 말을 했다.

"너는 고아처럼 보이지 않아."

교실에 있던 연이 그 말을 들었다. 그 뒤에 올 말은 '그런데 왜 고아들이랑 다녀?'였으리라는 건 쉽게 알 수 있었다. 해원도 몰랐을 리 없었다. 하지만 해원은 이렇게 대답했다.

"당연하지. 난 엄마도 있고 아빠도 있어."

연은 그 말을 하는 해원의 얼굴을 보고 싶었다. 해원의 말에 진심이 담겨 있지 않다는 걸 확인하고픈 마음이었다. 그러나 해원은 다른 아이들과 함께 교실을 떠났다.

해원이 새 친구들과 보내는 시간이 점차 길어졌다. 연은 해원이 그 아이들과 무엇을 하는지 알았다. 알고 싶지 않았는데도 그렇게 됐다. 그 아이들이 과장된 말투와 목소리로 자기들이 뭘 하고 다니는지 자꾸 말했기 때문이다.

연이 보기에 그 아이들은 해원을 이용하고 있었다. 고등학생 오빠들을 만날 때 해원을 앞세우거나 술과 담배가 필요할 때 해원을 보내는 식이었다. 사복을 입고 화장을 하면 인상이 뚜렷해져서 어른처럼 보이는 해원을 편할 대로 써먹으려고 데리고 다니는 것이었다. 정말 그걸 모른 채 그 아이들과 어울리는 건지, 연은 해원에게 묻고 싶었다. 하지만 그럴 겨를이 생기지 않았다.

그래서 연은 오픈 하우스 날만 기다렸다. 용기를 내어 우리가 사는 곳을 보여 주면 해원도 마음을 열게 되고, 그러면 오랜만에 대화다운 대화를 할 수 있지 않을까. 우리에게 익숙한 방식으로 천천히 말하고 천천히 고개를 끄덕이고 천천히 대답하는 시간을 보내면, 해원의 어긋나기 시작한 시간을 바로잡을 수 있지 않을까. 그렇게 기대한 것이었다.

해원이 가출까지 했다는 사실을 알았을 때, 연은 더 이상 참지 못했다. 그대로 가면 해원이 가출팸에 들어가는 것도 시간문제였다. 아니나 다를까, 해원의 친구들이 며칠째 해원이 집에서 완전히 나오도록 꼬드기고 있었다. 연은 자리를 박차고 일어나 해원의 손목을 잡고 학교 별관 뒤로 끌고 갔다. 해원이 몇 번이나 뿌리치려고 했지만 연은 온 힘을 다해 해원의 손목을 붙들었다. 연이 손을 놓았을 때 해원의 손목은 빨개져 있었다. 해원은 연의 어깨를 밀치고 손목을 감싸 쥐었다.

"아……."

연이 미안하다는 말부터 해야겠다고 생각한 찰나, 해원이 이렇게 말했다.

"왜 지랄이야!"

말의 빠르기도 목소리의 높낮이도 익히 알던 해원의 것이 아님을 알아차린 연은 하려던 말을 모두 삼키고 입을 다물었다. 무슨 말을 하려 했는지조차 기억이 나지 않았다. 연은 곧 울 것처럼 발갛게 충혈된 해원의 눈을 보면서 머리에 떠오른 말을 더듬거리며 했다.

"그래도…… 잠은 집에서 자야지……."

그렇게 말하고 연은 눈을 감았다. 어쩐지 해원의 얼굴을 똑바로 보기가 힘들었다.

"야."

해원이 낮은 목소리로 말했다. 연이 눈을 떴다. 해원의 눈빛이 싸늘했다.

"혼자 자기 싫다고. 외롭다고."

대답할 말을 찾지 못하고 있는 연을 잠시 뚫어져라 바라보던 해원이 다시 말했다.

"네가 밤새 같이 있어 줄 거야? 놀아 줄 거야?"

연은 계속 침묵했다. 어떤 말도 소용이 없다는 무력감을 느끼면서.

"못할 거면 그냥 닥치고 있어."

그렇게 말한 다음 해원은 연을 혼자 남겨 두고 교실로 갔다. 그리고 두 사람은 예전으로 돌아가지 못했다. 그러므로 나도 해원과 거기까지였다. 슬픈 일이었지만 시간은 정직하게 해원과 함께한 나날을 과거로 보냈고, 어느새 슬픔도 허전함도 무뎌졌다. 그리하여 연이 죽을 때까지 그리고 그 뒤로도 나는 해원과 한마디 말도 나누지 않았다.

4

시내에 도착했을 때는 빗줄기가 많이 가늘어졌다. 연은 내게 해원의 집으로 가자고 했다. 어느샌가 휴대폰 내비게이션에 새로운 주소 하나가 입력되어 있었다.

"해원이한테 해야 할 말이 있어."

만나야 한다고 했던 사람이 해원이었구나. 그런데 무슨 이야기를 하려는 거지? 알 수 없었지만 나 역시 해원이 어떻게 지내는지 궁금했다. 안내에 따라 부지런히 오토바이를 몰았다. 도착까지는 15분이 걸린다고 했다.

우리와 해원이 같은 고등학교에 다니게 됐다는 사실은 입학식 날에 알았다. 연과 나는 전기전자과였고 해원은 기계과였으므로 그저 멀리서 '쟤도 이 학교 왔네?'라고 생각했을 뿐 아는 척은 하지 않았다.

우리가 다닌 고등학교는 공업계 학교였다. 하루빨리 취업해서 보호 종료에 대비할 거라는 뚜렷한 목표를 세우고 입학한 연과 달리 나는 연이 간다고 해서 따라 들어갔다. 연은 우리 학교가 좋아질 거라 했다. 우리가 2학년이 될 때 마이스터 고등학교로 전환된다는 게 이유였다. 그렇게 설명을 해 줬지만, 나는 그게 어째서 나에게도 좋은 일이 되는지 이해하지 못했다.

"결국엔 마이스터 고등학교 졸업생이 되는 거니까. 학교 이름이 번듯하면 나중에 도움이 되겠지."

연이 말했다. 사실 그 말은 내가 꾸벅꾸벅 졸았던 입학 설명회에서 학교를 홍보하러 나온 교사가 한 말이었다. 그는 가성비 좋은 입학이 될 거라고 말했다. 연은 교사의 말투를 제법 그럴듯하게 따라 했다. 뭐가 어떻게 됐든 연과 함께 학교를 다닐 수 있어서 좋았다. 그러나 뭘 배우는지도 잘 몰랐다. 해원이 어떤 마음이었는지는, 역시 알 수 없었다.

연은 해원이 아무 생각 없이 학교를 선택하지 않았으리라고 했다. 연과 다툰 뒤로 해원이 그 아이들과 어울리는 시간은 차츰 줄었고, 그에 반비례해 그 아이들이 해원을 욕하는 빈도가 잦아졌다. 결과적으로 해원의 학교생활은 고달파졌다. 그런데도 해원은 의연히 예전의 평범한 생활로 돌아갔다.

그 일을 놓고 해원과 이야기해 볼까 생각도 했지만 연은 그렇게 하지 않았다. 섣불리 다가갔다가 사이가 더 나빠질까 봐 염려했다. 해원이 마음을 잡았으면 일단 그걸로 됐다고 생각하며 지냈다. 엉킨 걸 풀 기회가 언젠가 오겠지. 하지만 그런 때라는 게 저절로 오는 것은 아니어서, 그 상태로 중학교를 졸업하고 말았다.

해원은 연만큼이나 성실한 태도로 고등학교 생활을 했다. 공부나 성적에 전혀 관심을 두지 않은 나도 기계과 1등이 해원이라는 건 알았다. 그리고 2학년 겨울 방학이 끝나기 전에 두 사람은 각 과에서 한 명씩 선발하는 첫 번째 현장 실습생이 되었다. 코로나바이러스로 인한 사회적 거리 두기는 거의 끝나고 있었지만 현장 실습이 완전히 정상화하지는 않은 때였다.

일자리가 넉넉지 않은 상황에서 실습 부장이 어렵사리 구해 온 곳은 중저가 항공사의 콜센터였다. 유튜브 광고로 이름을 종종 들어 본 회사여서 나는 연이 좋은 기업에 들어간 줄 알았다. 연은 내게 자신이 일하게 된 회사에 대해 차근차근 설명해 줬다. 나는 그때 본사라고 불리는 기업에서 내려주는 일을 하는 하청 업체라는 게 있다는 것을 처음 알았다. 그리고 하청 업체 직원들은 대부분이 비정규직으로 꾸려진다는 것도 그때 알았다.

"어떻게 그런 걸 모르지?"

연은 한심해하는 눈으로 나를 쳐다보았다. 나는 부끄러

운 줄도 모르고 연에게 물었다.

"그래도 유명한 회사랑 붙어 있는 거 아냐? 좋은 곳이겠지."

연은 짧게 한숨을 내쉬었다.

"그야 뭐……. 요즘 같은 시기에 더울 때 시원하고 추울 때 따뜻한 데서 일하게 된 것만으로도 감사해야겠지?"

사실 그랬다. 연과 해원이 1등을 하는 아이들이기 때문에 특별히 좋은 곳으로 보내 준 거라는 사실은 모두 공공연히 알고 있었다. 선배들 중에는 하루에 10시간 정도를 컨베이어벨트 앞에 서서 흠집 난 휴대폰 디스플레이를 골라냈다는 사람도, 한겨울 인쇄소 사무실에서 히터도 틀지 못한 채 플래카드를 뽑았다는 사람도 있었다. 모두 전공과는 관련이 없는 일이었다. 그러니 현장 실습을 가는 것만으로도 감지덕지인 형편에 예전부터 사무직이라 높게 쳐주던 콜센터에 가게 된 건 호사였다. 비록 그 콜센터가 하청의 하청의 하청이었을지라도.

연과 해원은 서로를 볼 수 없는 구석 자리에서 떨어져 일했다. 둘의 자리를 가상의 선으로 이으면 사무실 전체를 가르는 대각선이 그어졌다. 그러므로 둘은 서로가 어떻게 일하는지 알 수 없었다. 그렇지만 연은 자신도 모르는 사이에 해원에게 동질감을 느꼈다. 해원의 마음도 크게 다르지 않았는지,

일을 시작하고 한 달째 되는 날 해원이 연에게 밥을 먹자고 말했다.

해원과 연은 회사 건물 뒤편 골목길에 있는 닭갈비집에 갔다. 두 사람 다 닭갈비를 파는 식당은 처음이었다. 어떻게 주문할 거냐고 묻는 점원에게 닭갈비 주세요, 말한 사람은 해원이었다. 그러자 점원은 몇 가지를 더 물어봤다. 얼마나 맵게 할지, 어떤 사리를 추가할지를 정해야 했다.

연과 해원은 주문 용지를 유심히 보았다.

"어떻게 하지?"

연이 말했다. 해원이 주문 용지 쪽으로 몸을 살짝 숙였고 연도 똑같이 했다. 둘은 아주 중요한 일을 상의하는 사람들처럼 머리를 맞대고 잠시 이야기를 했고 '아주 매운 맛'에 떡 사리와 고구마 사리와 치즈 사리를 추가했다. 그러고 나니 가깝게 지낼 때의 기분이 조금 되살아났다. 연은 주문을 받고 돌아서는 점원에게 사이다 한 병을 달라고 하면서 잔은 소주잔으로 부탁했다.

둘은 소주잔에 사이다를 따라 건배를 했다. 이야기가 자연스레 첫 회식 때 억지로 마셨던 소주의 맛으로 이어지자 두 사람 다 얼굴을 찌푸렸다. 아주 매운 맛 닭갈비는 정말로 무척이나 매워서 이마에 땀방울이 송글송글 맺혔다. 그래도 두 사람은 닭갈비와 함께 나온 콘치즈와 매시드 포테이토와 단무지까지 아주 맛있게 먹고 김 가루를 뿌린 밥까지 볶아서 철판 냄비를 닥닥 긁어 먹었다. 해원은 마지막 남은 사이다를 소주 마시듯이 입에 털어 넣었다. 그러고는 연과 다툰 이후에 일어난 일들을 이야기했다.

"너랑 그러고 나서 일단 집에 갔어. 꼭 네가 한 말 때문은 아니었고, 갈아입을 옷을 좀 챙겨야 했거든. 집을 나온 지 거의 열흘째였어. 그런데 집에 웬 에어컨이 설치되어 있지 뭐야."

해원의 집은 겨울 외투와 잡동사니를 보관하는 방 한 칸과 주방이 있는 거실 한 칸이 전부인 작은 집이어서 거실에서 할머니와 함께 생활했는데, 그 거실에 벽걸이 에어컨과 스탠드형 에어컨이 떡하니 놓여 있더라는 거였다. 한 공간에 설치할 필요가 없는 에어컨 두 대는 해원과 할머니의 비좁은 집에서 유난히 크게 보였다.

"이게 뭐야?"

해원이 할머니에게 물었다.

"네가 맨날 친구네에서 자니까 집이 더워 가지고 그러나 싶어서 샀다."

할머니가 대답했다. 해원은 버럭 화를 내고 옷가지를 가방에 욱여넣은 뒤 집을 나왔다. 친구들에게서 전화와 문자 몇

통이 왔지만 해원은 그 아이들에게 가지 않고 놀이터 벤치에
앉아 있었다. 검색해 보니 노인들을 상대로 그런 식의 에어컨
설치 사기를 치는 사람들이 꽤 있었다. 해원은 문득 모든 게
지긋지긋하다고 생각했고, 그와 동시에 연의 말을 떠올렸다.

잠은 집에서 자야지.

그 말이 귓속 어디에 자리 잡고 들어앉은 것마냥 자꾸 들
려서 해원은 그날부터 집에서만 잤다. 그리고 생각했다. 돈을
벌어야겠다. 최대한 빨리 그리고 많이. 열심히 돈을 모아서 이
사를 가야겠다. 스탠드 에어컨을 거실에, 벽걸이 에어컨을 방
에, 멋지게 놓고 쓸 수 있는 넓은 집으로 가야겠다. 그래서 해
원의 목표는 스무 살에 직장인이 되는 것이었다.

해원은 예전처럼 천천히 말했다. 연은 해원의 이야기가
끝날 때까지 기다렸다가 고개를 끄덕였다.

"그랬구나. 잘했네. 잘됐네."

연의 말에 해원은 희미하게 웃었다.

"난 너희가 나를 완전히 싫어하게 된 줄 알았어."

해원이 말했다.

"그럴 리가."

연이 대답했다. 해원은 울 것처럼 눈시울을 붉히다가 크

게 숨을 들이마신 다음 짧게 뱉었다. 그리고 밝아진 표정으로 말했다.

"내가 좀 알아봤는데, 우리 회사 꽤 괜찮은 것 같아."

해원은 조금 빨라진 말투로 콜센터에서 일하는 게 좋은 이유를 말했다. 더울 때 시원하고 추울 때 따뜻한 일터라는, 학교에서 들은 이야기 말고도 좋은 점이 많다고 했다. 결국은 다 거짓말 비슷한 게 되어 버린 이야기지만, 어쨌든 그날 두 사람은 돈을 벌고 차를 사고 집도 사고 언젠가는 대학생도 되는 미래를 이야기했다. 연은 그게 참 행복했다고 말했다.

5

해원이 사는 집은 배달하러 몇 번 간 적이 있는 곳이었다. 5층짜리 복도식 연립 주택이었다. 언덕배기에 있는 데다 엘리베이터가 없고 비가 오면 복도 여기저기에 물이 고이는 건물이라 라이더들 사이에서 '유배지'라고 불리는 곳이었다. 해원이 여기에 살았구나. 나는 잠시 생각에 잠긴 채 오토바이 옆에 서 있었다. 그사이 연은 성큼성큼 B동 쪽으로 걸어갔다.

해원의 집은 203호였다. 초인종을 누르자 〈엘리제를 위하여〉의 도입부가 흘러나왔다. 띠리리리 띠리리리리. 스피커가 망가졌는지 풍선에서 바람 새는 소리 같은 게 났다. 듣는 것만으로도 기운이 빠졌다.

해원이 문을 열고 나온 건 세 번째로 초인종을 눌렀을 때였다. 나는 처음에 해원을 알아보지 못했다. 다른 집에 잘못 찾아왔나 싶을 정도였다.

"……오수안?"

내 이름을 말하는 목소리를 듣고서야 나는 눈앞에 있는 사람이 해원이라는 걸 믿을 수 있었다. 말을 맺으며 내려가는 입꼬리가, 놀랄 때 올라가는 오른쪽 눈썹 끝이, 다른 누구도 아닌 해원의 것이었다. 그러나 인상이 많이 달라졌다. 낯빛이 푸르게 보일 정도로 창백했고 등과 어깨가 좀 굽어 있었다. 얼핏 살이 좀 붙은 듯했지만 사실 몸이 부은 것이었다. 건강이 좋지 않아 보였다. 그리고 무엇보다 분위기가 무척이나 어둡고 침울했다.

해원과 마주 선 내 뒤에서 연이 낮게 한숨을 쉬는 소리가 들렸다. 울음을 참느라 숨을 고르는 것 같기도 했다. 연이 내 등을 손가락으로 톡톡 두드렸다. 순간 멍해졌던 정신을 바로잡고 해원에게 말했다.

"연이가 왔어."

해원의 눈빛이 흔들렸다.

"할 말이 있대."

그렇게 말하고 조금 기다렸지만 해원은 여전히 아무 말도 하지 않았다. 연이 다시 나를 톡톡, 두드렸다.

"미안해하지 않아도 된대."

내 입에서 저절로 나온 말이었다. 연의 손끝에서 전해진 메시지였다. 해원의 표정은 크게 바뀌지 않았지만 눈가가 촉촉해졌다. 이 아이도 울음을 참고 있는 건가? 연이 하는 말도 해원의 반응도 쉽게 이해되지 않는 나는 연이 시키는 대로만 할 뿐, 해원에게 어떤 말도 어떤 행동도 할 수가 없었다. 그리고 다시, 톡톡.

"너는 잘못한 게 없어."

해원의 눈에서 눈물 한 방울이 툭 떨어졌다. 해원은 고개를 위로 젖혔다. 아랫입술을 깨물고 잠깐 그렇게 있다가 얼굴빛을 고치고 내게 말했다.

"왜 이따위 장난을 치는 거야?"

해원이 문을 닫으려고 했다. 연이 내 앞으로 나서며 문을 잡았다. 해원은 당황해서 더 세게 힘을 주어 손잡이를 당겼지만 문은 닫히지 않았다.

"연이 여기에 있어."

내가 말했다. 해원의 눈동자가 아까보다 더 크게 흔들렸다. 해원은 문손잡이를 쥔 채로 내게 물었다.

"말이…… 된다고 생각해?"

연이 힘을 주어 문을 조금 열었다. 열리는 문을 따라 해원의 팔이 끌려 왔다. 그리고 해원과 나 사이로 분홍색 꽃잎 몇 개가 나풀거리며 떨어졌다. 해원과 나는 바닥에 떨어진 꽃잎을 보다가 동시에 고개를 들었다 눈이 마주쳤고,

해원이 떨리는 목소리로 물었다.

"정말이야?"

나는 고개를 끄덕였다. 우리에게 익숙한 속도로 천천히. 해원이 문을 놓았다.

"어디에 있어?"

나는 연이 서 있는 곳을 가리켰다. 연은 해원과 나 사이에 서 있었다. 그래서 내가 팔을 쭉 뻗으면 연의 몸에 닿게 되었으므로 팔을 몸에 붙인 채 손가락으로만 가리켰다. 해원은 내가 가리킨 곳을 물끄러미 보았다. 연이 해원을 보며 미소를 지었다. 눈으로 볼 수는 없어도 마음으로 전해지는 것이 있었던 걸까. 해원은 무릎을 안고 앉아서 엉엉 울었다. 연이 그 곁에 함께 앉아 해원의 머리를 쓰다듬어 주었다.

"괜찮아. 네 잘못 아니야."

어두컴컴하던 집 안에 불이 켜지고 해원의 할머니가 나왔다. 할머니는 뒷짐을 지고 서서 나를 노려보았다. 어떤 상황인지 설명할 방법이 없어 어색하게 웃기만 했다. 할머니 뒤로 커버를 씌워 놓은 에어컨 두 대가 보였다.

6

해원이 울음을 그치지 않자 할머니는 현관으로 나와서 나에게 뭔가 따져 물었다. 해원이 할머니를 집 안으로 들여보냈다. 그러고는 문을 닫았다. 문 안쪽에서 실랑이하는 소리가 들리다가 곧 잠잠해졌다. 어두워진 복도에 연과 내가 나란히 서 있었다.

"이제 갈까?"

내가 말했다.

"아니. 잠깐만 기다려 봐."

연이 말했다. 잠깐보다는 조금 더 긴 시간이 흐른 뒤에 해원이 다시 나왔다. 해원은 내게 두툼한 스프링 노트 한 권을 주었다.

"이거 연이 줘."

일기장이었다. 해원이 현장 실습을 시작한 다음 날부터 쓴 것이라 했다. 노트를 건네고 문을 닫으려던 해원이 우뚝 멈췄다. 그리고 말했다.

"잘 가."

"응. 너도 잘 지내."

내가 말했다. 연이 얼른 말을 덧붙였다.

"웃어 줘야지."

나는 해원을 향해서 어색하게 웃어 보였다. 내 표정이 재 밌었는지 해원도 희미하게 웃었다. 달빛이 복도를 채웠다. 해 원과 나는 달빛 아래에서 아주 잠깐 함께 웃었다. 짧지만 또 렷하게. 웃는 얼굴인 채로 해원이 문을 닫았다. 나는 비가 그 친 것을 깨달았다.

연은 이미 떠나고 없었다.

3장 웅크린 사람

1

　해원의 일기장에 무엇이 적혀 있을지 궁금하지 않았다면 거짓말일 것이다. 내가 모르는 연의 시간이 거기에 있을 것 같았다. 하지만 나는 꾹 참았다. 책상 위에 올려 두고 펼쳐 보지 않았다. 그 일기는 해원이 연에게 준 것이니까 허락 없이 읽어서는 안 된다고 생각했다. 그러므로 내가 할 수 있는 일이란, 그저 하루빨리 비가 내려서 연이 돌아오길 바라는 것밖에 없었다.

　그러나 어느덧 장마도 끝났고 7월도 중순으로 접어들었다. 태양이 내리쬐는 맑고 뜨거운 날씨만 이어졌다. 매일 아침 눈을 뜨면 혹시라도 비가 내리고 있진 않을까 기대를 안고 창밖을 봤지만 늘 실망스럽기만 했다. 가끔씩 짧게 소나기가 내리는 날도 있었지만 연은 오지 않았다. 연을 기다리면서 하늘을 올려다보는 습관이 생겼다. 그럴 때 눈에 보이는 파란 하늘은 속절없이 아름다웠지만 손에 잡히지 않아 슬펐다.

연은 꿈에 나타났다. 비가 너무 안 내려서 일단 꿈을 타고 찾아왔다고 했다. 우리는 꽃잎이 비처럼 떨어지는 벚나무 아래에 앉았다. 꿈속의 계절은 봄날이어서 적당히 따스하고 포근했다. 눈앞에 실개천이 흘렀다. 흐르는 물 위로 벚꽃 잎이 누가 흩뿌린 것처럼 떨어졌다. 연이 나에게 배드민턴을 치자했다. 우리는 라켓을 쥐고 통, 통, 셔틀콕을 주고받았다. 바람이 불어 꽃잎이 날려도 셔틀콕은 곧게 날아서 우리 사이를 오고 갔다. 그곳은 우리가 한 번도 가본 적이 없는 곳 같은데도 왠지 무척이나 익숙했다.

나는 내가 연과 그런 시간을 보내고 싶어 했다는 것을 깨달았다. 연이 이 세상의 사람이던 때에 우리가 비구름 없는 맑은 하늘 아래에서 함께 있었던 기억을 더듬어 보았다. 그러는 사이 하늘이 어두워졌고 비가 내렸다. 꽃과 비가 섞여서 내리는 풍경은 말 그대로 꿈같았다. 빗소리 사이로 연이 훌쩍이는 소리가 들렸다. 왜 울어? 물어볼 새도 없이 연은 실개천 건너 편으로 넘어가 있었다. 빗줄기가 거세져 연의 모습이 흐릿하게 보였다.

연이 손을 흔들며 소리쳤다.

"얼른 가!"

나는 잠에서 깼다. 창 너머로 보이는 하늘은 맑았다. 바깥의 열기 때문에 아침인데도 방 안 공기가 후텁지근했다. 천장을 보며 한참을 누워 있었다. 비가 샌 자리의 얼룩이 말라죽은 나뭇가지처럼 보였다.

2

그리고 나는 배달 사고를 냈다. 사실 교통사고가 났다고 말해야 하는 일이지만, 그때의 내게는 배달 사고가 교통사고보다 더 큰일이었다.

전에 없이 좋은 날이었다. 드디어 AI가 기분을 풀었는지 어플을 켜자마자 시내에 있는 가게들에서 좋은 콜들이 밀려들었다. 죗값을 치르고 출소한 죄수의 심정이 이럴까? 나는 감격스러운 기분으로 콜을 수락했다. 배달지까지 거리도 멀지 않았고 다음 픽업 장소까지의 길도 막히지 않았다. 처음 가 보는 곳도 없어서 길을 헤매지도 않았다.

일을 시작한 지 한 시간 만에 2만 5천 원을 벌었다. 이러다 진짜 일당으로 15만 원을 버는 게 아닐까? 커뮤니티에서만 봤던, 불가능이라고 생각했던, 그런 일이 내게도 일어나는 걸까? 배달을 처음 시작할 때 내 마음을 사로잡았던 '월 350~400만 원 가능'이라는 문구가 거짓말이 아니었던 걸까? 머릿속에 가슴 설레는 생각들이 지나갔다. 연이 나온 꿈이 길몽이었을까, 생각했다. 연이 내게 행운을 가져다줬는지도 모른다고.

퇴근 시간대가 되자 시청 앞 사거리가 슬슬 막히기 시작했다. 배달 박스 안에는 레모네이드 두 잔과 아메리카노 두 잔이 들어 있었다. 포장을 단단히 해서 음료에 든 얼음이 금방 녹을 리는 없었지만 그래도 얼른 배달을 마치고 싶었다. 그때 번 돈이 이미 13만 원 가까이 되었으니 무리할 필요가 없었는데, 한번 일어난 욕심은 쉽게 가라앉지 않았다. 이거 끝내고 하나만 더 하면…… 오늘 집에 들어갈 때는 즉석 밥도 사고 반찬도 좀 사고 내가 좋아하는 과자나 음료수도 넉넉히 살 수 있었다. 연이 다시 왔을 때 먹을 게 제법 채워진 집을 보여 주고 싶었다. 벌 수 있는 날 벌어야지. 그래서 막히는 길을 벗어나 딱 한 번만, 갓길 주행을 하기로 했다.

정체되어 있는 자동차들 사이를 요리조리 빠져나가 인도와 접한 갓길로 달리기 시작했을 때 앞바퀴가 휘청하는 느낌이 들었고, 미처 반응할 새도 없이 중심을 잃었다. 뭐를 밟은 것 같았는데 그게 뭔지는 알 수 없었다. 다행히 인도가 있는 오른쪽으로 쓰러진 덕분에 뒤에서 오던 차와 부딪히진 않았지만 오토바이도 나도 성치 못했다. 혹시나 이번에도 연이 구해 주진 않았을까, 아주 잠깐 생각했으나 그런 일은 일어나지 않았다. 인도 바깥쪽의 키 작은 나무들이 쿠션 역할을 해 주어 뼈가 부러지진 않았지만 오른쪽 팔과 다리에서 피가 흘렀다. 행인 몇 명이 내게 다가와 괜찮으냐고 물었다. 나는 그들의 걱정스러운 눈빛과 목소리가 부담스러웠다.

대충 털고 일어나 오토바이를 살폈다. 차체 오른쪽이 심하게 긁혀 있었다. 내가 다친 것보다 오토바이가 망가진 게 더 속상했다. 그리고 그것보다 더 마음을 쓰리게 만든 건 엉망이 된 음료였다. 레모네이드와 아메리카노가 뒤섞여 배달 박스 내부가 흠뻑 젖어 있었다. 시큼하고 달콤한 냄새가 공기 중으로 훅 퍼졌고 어디서 왔는지 모를 날벌레들이 꼬였다.

관제 센터에 연락하려다가 마음을 바꿔 고객에게 전화를 걸었다. 사정을 이야기한 다음 음료 값을 내 돈으로 환불하겠다고 했다.

"몸은 안 다치셨어요?"

고객이 내게 물었다. 마음에 쩍, 금이 가는 소리가 들렸다. 그 틈으로 무언가가 왈칵 흘러나올 것 같았고 그건 틀림없이 눈물일 거였다. 망가진 오토바이 앞에 서서 피와 눈물을 동시에 흘리는 사람이 되기는 싫어 고개를 젖혀 하늘을 봤다. 저녁이 되어 가는데도 하늘은 아직 새파랬고 간신히 눈물을 삼킬 수 있었다. 숨을 한 번 크게 쉬고 말했다.

"계좌 번호 알려 주세요."

잠시 침묵이 지나간 뒤 고객이 다시 말했다.

"아뇨. 괜찮아요. 괜찮습니다."

그리고 전화가 끊겼다. 다시 걸어 볼까 하다가 휴대폰을 주머니에 넣었다. 다른 사람의 호의라는 걸 받아본 지가 너무 오래되었다는 생각이 들어서였다. 내 마지막 손님이 좋은 사람이어서 다행이다. 눈을 질끈 감고 오토바이를 세웠다. 오른쪽 팔다리가 욱신거려서 눈물이 찔끔 났다. 오토바이는 킥 스타터를 열 번 넘게 밟은 뒤에야 힘겹게 시동이 걸렸다.

3

집에 도착했을 때는 이미 늦은 저녁이었다. 몸을 다친 날 어두컴컴한 방에 들어가고 싶진 않았지만, 운수가 좋은 시간은 끝이 났고 나의 삶은 바라는 것을 외면하는 익숙한 모습으로 돌아가 있었다.

방에 들어가자마자 팔과 다리의 다친 부위에 물을 뿌려 피를 닦아 냈다. 피가 씻기자 팔뚝과 정강이 쪽 상처가 드러났다. 상처에 자잘한 모래 같은 게 박혀 있어서 손으로 떼어 냈다. 몹시 따가웠다. 상처를 씻고 거울을 보니 벗은 몸 여기저기에 멍이 들어 있었다. 이만하길 다행인가 싶다가도 왜 이런 일이 일어난 걸까 원망스럽기도 했다.

다친 부위는 눈에 발견된 순간부터 뚜렷하게 통증을 드러냈다. 삭신이 쑤신다는 말이 무슨 뜻인지, 씻는 동안 생생히 알게 되었다. 그러고 싶지 않았는데 자꾸만 입에서 앓는 소리가 나왔다.

마음까지 엉망이 된 채로 오토바이를 처음 탔던 때를 떠올렸다. 50분 수업 중에 20분만 수업을 하고 교실에서 나가 버리던 교사의 전기회로 시간이었다. 학기 초에 구입한 납땜 도구는 한 번도 쓰지 않고 교과서만 줄줄 읽는 수업이었다.

대부분의 아이들이 엎드려 잤고 나도 평소엔 그랬는데, 그날은 왠지 깨어 있었다. 나 말고도 깨어 있던 아이들 몇 명이 학교 밖에 세워 둔 오토바이를 타러 간다면서, 멍하니 앉아 있는 내게도 같이 가겠느냐 물었다. 적어도 심심하진 않겠다 싶어 따라 나갔다가 이내 후회했다. 오토바이를 타는 게 무서워서였다. 별로 친하지 않은 아이들과 함께여서 무섭다는 말도 못 하고 어설프게 논길을 한 바퀴 돌았다. 느릿느릿 돌아온 내게 아이들은 더는 타 보라고 권하지 않았고 나는 죽을 때까지 오토바이를 타지 않겠다고 다짐했다.

그런데 삶은 내게 싫은 일을 하지 않을 권리 따위 주지 않았고, 결국 사고까지 당하게 했다. 억울해서 남 탓이라도 해 보고 싶었다. 하지만 누구 탓을 해야 할지 알 수 없었다. 그게 서러웠다. 몸을 웅크린 채로 미지근한 물만 한참 맞았다.

화장실에서 나와 옷을 갈아입고 나니 책상 위에 올려 둔 해원의 일기장이 눈에 들어왔다. 어쩐 일인지 활짝 펼쳐져 있었다. 집에 가져온 뒤로 만진 적조차 없는데. 문득 연이 그렇게 했으리라는 생각이 들었다. 그냥 그렇게 믿기로 했다. 연이 내게 뭔가를 해 주었다고 믿고 싶었다. 그런 믿음이 필요한 날이었다. 나는 열린 페이지의 일기를 읽어 내려갔다.

4월 14일 화요일, 맑다가 흐림.

담배를 끊어야겠다는 생각을 했다. 점심때 한 생각이었다. 그땐 그것이 별로 어렵지 않을 거라고 생각했다. 연이 때문이었다. 그러나 그 생각은 저녁때 다시 바뀌었다. 아무래도 담배를 끊기는 어려울 것 같다. 그것 역시 연이 때문이었다. 점심시간이었다. 연이가 내게 꽃 선물을 했다. 정확히 말하면 꽃잎 선물이었다. 꽃다발이나 화분에 담긴 꽃이 아니라 낱낱이 떨어진 꽃잎이었다. 연이는 종이컵에 벚꽃 잎을 가득 담아 와서 뿌려 줬다. 걔가 그런 희한한 일을 부끄러운 줄도 모르고 한 이유는 아마 어제 일 때문이었을 거다.

어제 오후 쉬는 시간에 옥상에 올라갔더니 연이가 있었다. 담배도 안 피우는 애가 옥상까지 와서 뭘 하는 거지? 너도 결국 못 견디고 담배를? 하지만 연이의 손과 입에는 아무것도 없었다. 사실 더 이상한 일은 따로 있었다. 일과 중에 우리가 동시에 사무실 밖에 있다니? 팀장은 두 명 이상의 상담원을 동시에 쉬게 하지 않았다. 정말 단 한 번도 그러지 않았다. 그게 우리 센터의 규칙이라고 공공연히 말하기도 했다. 순번이 잘못 꼬이면 30분 넘게 화장실을 참아야 할 때도 있었다. 그러거나 말거나 쉬는 시간은 한 번에 한 사람씩. 그렇게 하지 않으면 콜 할당량을 채울 수 없다는 지겨운 이야기. 그런데 그 깐깐한 팀장이 실수를 한 모양이었다. 내려가면 연이랑 나란히 서서 혼이 날지 몰랐다. 누구 맘대로 같이 쉬어? 일도 못하는 것들이. 그냥 학교로 쫓아버린다? 그런 말을 듣게 될지도 몰랐다.

하지만 그건 그때 가 봐야 알 일. 나는 연이에게 가까이, 담배 연기가 직접 닿지 않을 만큼만 다가갔다. 연이는 난간에 팔을 올려놓고 아래를 보고 있었다. 내가 옆에 온 줄도 모르는 것 같았다. 뭘 그렇게 보냐. 내가 물으니 그제야 놀라서 움찔했다. 말한 사람이 나라는 걸 확인하고는 안심한 듯이 웃었다. 너였구나. 그렇게 말하고 내게도 아래를 보라고 했다. 연이를 따라 건물 아래쪽을 내려다봤다. 보이는 건, 벚꽃이었다. 언제 저렇게 피었지? 왜 저런 게 안 보였지? 계절이 이만치나 바뀐 줄도 모르고 살았나 싶어 입맛이 썼다. 그래도 벚꽃은 예뻤다. 꼭 솜사탕처럼 보였다. 예쁘다. 나도 모르게 말이 나왔다.

연이가 내 쪽으로 한 발짝 다가왔다. 벚꽃 좋아해? 그렇게 물었다. 좋지. 좋아하지. 그래서 연이와 꽃 이야기를 잠깐 했고, 돈 많이 벌면 같이 꽃놀이를 가자고 말했다. 도시락을 싸고 돗자리를 챙겨서 꽃나무 아래에서 놀자고. 내 말에 연이는 한숨을 쉬며 말했다. 꽃놀이도 돈이 있어야 재밌으려나. 연의 말에 잠시 고민했지만, 역시 돈이 있어야 즐겁지 않을까, 그렇게 대답할 수밖에 없었다. 대화는 거기까지였다. 담배가 다 탔고 쉬는 시간이 끝난 참이었다.

아니나 다를까, 내려가자마자 팀장이 우리를 불러 혼을 냈다. 연이는 나랑 있느라 더 오래 자리를 비웠기 때문에 더 혼났다. 억울했다. 두 사람이 동시에 쉴 수 없다는 이상한 규칙을 만든 것도, 착각 때문에 그 규칙을 깨뜨린 것도 모두 팀장 자신이 아닌가.

내가 무슨 말이라도 하려고 숨을 짧게 들이마시자 연이가 내 손을 한 번 꼭 잡았다. 그러고는 말했다. 저희도 몰랐어요. 팀장은 잠깐 얼이 빠진 듯한 얼굴을 했다. 연이 말을 할 줄 안다는 사실을 새삼 깨달은 것 같았다. 그리고 이내 뭔가 쏘아붙이려고 입을 달싹였다. 연이 팀장보다 먼저 말했다. 할당은 맞추고 갈게요. 초과 수당 안 받고요. 팀장은 그대로 입을 다물었다. 속으로 무척이나 통쾌했다. 팀장 얼굴에 화가 번졌다. 네가 본때를 봐야 정신을 차리지? 팀장은 그렇게 말했다. 연을 바라보는 눈빛에 뚜렷한 적의가 비쳤다. 팀장이 말한 본때라는 게 무엇인지 나도 연이도 몰랐고, 그날은 일단 특별한 일 없이 하루가 지나갔다. 팀장이 으름 장을 좀 세게 놓나 보다 했다.

그리고 오늘 점심시간에 연이가 나를 불렀다. 연이는 손을 뒤로 감추고 나를 건물 밖으로 데려갔다. 솔직히 그땐 조금 귀찮았다. 오전에 입이 잘 풀리지 않아서 쉬는 시간에 담배 두 개비를 연달아 피웠더니 머리가 계속 어지러운 참이었 다. 오후 업무 전까지 눈 좀 붙이려고 했는데 연이가 부른 거였다.

연이는 회사 건물과 옆 건물 사이 골목으로 들어가더니 꽃 잎이 담긴 종이컵을 조심스레 내밀었다. 전날 밤에 동네에 서 모아 왔다고 했다. 놀자. 잠깐이라도 놀자. 그렇게 말한 연이가 꽃잎을 손바닥 위에 올려놓고 위로 뿌렸다. 벽을 타 고 어지럽게 이어진 가스 배관과 용도를 알 수 없는 고철 들이 있는, 사시사철 그늘진 골목에 분홍색 꽃잎이 나풀거 렸다. 이게 뭐야. 말은 그렇게 했지만 연이가 귀엽기도 하고 연이의 마음이 고맙기도 해서 나도 꽃잎을 뿌렸다. 두 번씩 하고 나니 꽃잎은 동이 났다. 그래도 우리 발밑에 깔린 꽃 잎들은 제법 예뻤다. 나는 연이에게 오랜만에 저녁이나 같 이 먹자고 했다. 닭갈비, 아주 매운 맛으로.

그날 오후 내내 담배를 피우지 않았다. 콜센터에서 내게 담배를 가르쳐 준 선배 언니가 그리고 담배를 피우는 모든 언니들이 나쁘다고 생각하진 않지만 어쩐지 끊고 싶어졌다. 연과 함께 그려 본 미래에 담배가 있거나 없거나 상관은 없었지만, 내가 다시 담배를 피우게 된다면 그건 담배가 좋아서여야지 일이나 삶이 힘들어서는 아니었으면 했다.

그러나 그 결심은 퇴근 시간에 깨지고 말았다. 연이가 내게 담배를 달라고 했다. 너 담배 피웠었어? 그렇게 묻지도 못했다. 그 순간 연이에게 담배가 꼭 필요해 보였다. 내게 담배를 준 언니도 내 얼굴에서 연이의 표정과 비슷한 표정을 봤던 걸까? 연이와 나는 옥상에서 담배를 피웠고 그러는 동안 아무 말도 하지 않았다. 말을 걸 수 없었다. 연이는 저녁 약속은 다음으로 미루자고 했다. 나는 알았다고 했다.

버스를 타고 집으로 돌아오는 동안 점심시간 때와 퇴근시간 때의 연이 얼굴이 번갈아 떠올랐다. 두 얼굴이 얼마나 달랐는지를 계속 생각했다. 고작 몇 시간 사이에 무슨 일이 있었던 거지? 그리고 함께 떠오른 건 팀장의 '본때'라는 말이었다. 정말로 그걸 보여 줬나? 그걸 봤기 때문에 연이가 담배를 피운 걸까? 그게 뭐였길래…… 그런 생각을 하다가 내릴 정류장을 지나쳐 버렸다. 한 정류장을 걸어서 돌아오

며 생각했다. 연이는 집에 잘 갔을까? 저녁은 먹었을까? 억
지로라도 먹일걸 그랬나? 후회가 되었다.

오늘은 잠이 잘 오지 않을 것 같다. 담배를 많이 피우게 되
려나. 회사 밖에서는 되도록 안 피우려고 하는데 그게 잘 안
되고, 연이가 준 꽃잎만 기억하고 싶은데 그게 잘 안 된다.

4월 14일의 일기는 거기까지였다. 나는 이불도 펴지 않
고 누웠다. 방 안이 푹푹 쪘다. 발가락으로 버튼을 눌러 선풍
기를 틀었지만 더운 바람만 나왔다. 전등갓 안의 죽은 벌레들
이 점처럼 보였다. 저 벌레들은 언제, 어떻게 저 안으로 들어
갔을까? 문득 궁금해졌다. 들어가고 싶어서 들어간 걸까? 나
오고 싶지 않았을까? 왜 나오지 않았을까? 나올 수 없었던 걸
까? 들어가는 방법은 알았지만 나오는 방법을 몰랐을까? 저
속은 그런 구조일까? 아니 혹시 나오기 싫었던 걸까? 환한 빛
이 좋아서, 저렇게 밝은 빛은 처음이어서, 죽는 줄도 모르고
계속 머무른 건 아닐까?

4

잠에서 깨어 보니 열다섯 시간이 훌쩍 지나 있었다. 시간
은 정오에 가까워지고 있었다. 이렇게 오랫동안 꿈도 안 꾸고
쭉 자 보기는 처음이었다. 눈을 뜨고 한동안은 잠에서 깬 건
지 아직 자는 중인지 잘 분간이 되지 않았다. 그렇게 조금 있
으니 손끝과 발끝부터 감각이 돌아왔다. 어제 다친 자리에서
통증이 비명처럼 올라왔다. 그리고 곧바로 허기가 밀려왔다.

연과 해원이 갔었다는 닭갈비집에 가 보기로 했다. 지도
어플로 검색해 보니 걸어가면 한 시간, 자동차로 가면 12분이
걸린다고 했다. 나는 걸어서 갔다. 몸에서 느껴지는 통증과 여
름날의 더위를 온전히 내 것으로 받아들이며 걷고 싶었다. 스
스로를 괴롭히고 싶었는지도 모른다. 일기 속의 연과 해원이
머릿속을 떠나지 않았다. 자꾸만 상상하게 되었다. 두 사람의
표정과 기분을.

닭갈비는 정말 맛있었다. 해원과 연이 주문한 것과 똑같
이 시켰다. 최소 2인분부터 주문해야 해서 다 먹고 났을 때는
배가 터질 것 같았다. 그래도 남기지 않고 다 먹었다. 그리고
내가 먹은 양만큼을 포장했다.

식당에서 나왔을 때는 세상이 더 뜨거워져 있었다. 그래도 나는 찬찬히 걸었다. 닭갈비는 맛있었지만 내 입에는 조금 매웠다. 걷는 동안 입 안이 화끈거렸다. 음식과 함께 포장된 쿨피스를 꺼내 마시면서 걸었다. 쿨피스는 금방 없어졌다. 입가에 매운 기운이 조금 남아 있었지만 열심히 숨을 몰아쉬며 걸었다. 오르막이 많고 그늘은 없어서 땀이 흠뻑 났다. 다친 자리의 통증이 조금 사라지는 것도 같았다. 무릎도 어깨도 부드러워진 느낌이었다. 그렇게 걷고 걷고 다시 40분을 걸어서 해원의 집 앞에 도착했다.

왜 이걸 샀고 왜 이걸 주려는 건지 해원에게 설명하려니 머리가 복잡했다. 연 없이 나 혼자서 해원을 마주하는 게 어색하기도 했다. 그래서 그냥 문 앞에 놓고 초인종을 눌렀다. 〈엘리제를 위하여〉가 제대로 울리기도 전에 해원의 목소리가 들렸다.

"누구세요?"

나는 예상치 못한 상황에 조금 당황했지만 얼른 대답했다. 늘 하던 것처럼 자연스럽게.

"배달입니다."

"무슨 배달……?"

"두고 갈게요."

해원이 뭐라고 말하기 전에 얼른 계단참을 향해 걸어갔다. 뛰고 싶었지만 그럴 몸 상태는 아니어서 종종걸음을 쳤다. 1층으로 내려오니 출입구 앞에 강아지 한 마리가 앉아 있었다. 백구인데 오른쪽 눈두덩에만 검은 반점이 있었다. 강아지는 나를 기다리기라도 한 것처럼 얌전히 앉아 있었다. 나도 모르게 발걸음을 멈췄다.

"잘 먹을게!"

해원이 2층 복도로 몸을 내밀고 말했다. 멋쩍은 마음에 대충 팔을 흔들어 인사했다.

5

강아지가 내 뒤를 따라오고 있다는 건 내리막길을 한참 걷고 나서야 알았다. 나도 강아지 생각을 하며 걷고 있었다. 왠지 낯이 익은데. 어디서 본 것 같은데. 그리고 그 강아지가 왜 익숙한지 깨달았을 때 나도 모르게 뒤를 돌아보았다. 강아지도 우뚝 멈춰서 나를 바라보았다.

"두두?"

내가 말했다.

"왈!"

강아지가 대답하듯 짖었다.

두두는 나와 연이 열두 살 때 학교 뒤뜰에서 만난 강아지였다. 길에서 생활한 지 얼마나 되었는지 가늠하기 힘들 만큼 비쩍 마른 데다 털 상태도 엉망이었다. 그러나 까만 눈동자만큼은 별을 박아 놓은 것처럼 반짝였다. 우리는 쉬는 시간마다 두두를 보러 갔다. 두두는 늘 같은 자리에 있었다. 버려진 개가 확실했다. 그렇게 사흘이 더 지난 뒤, 우리는 두두를 보육원에 데려가기로 했다.

오른쪽 눈두덩의 반점 때문에 나는 그 아이를 바둑이라고 불렀다. 연은 그 이름을 마음에 들어 하지 않았다. 너무 뻔하다는 것이었다. 하지만 더 좋은 이름을 찾아오진 못했고 바둑이, 바둑이 하다가 어느 순간부터 '바'를 떼어 버리고 둑이라고 불렀다. 나는 그 이름이 더 별로였다. 우리 개는 귀여운데 둑이는 귀엽게 느껴지지 않았다.

나는 고민했다. 음⋯⋯. 같은 글자를 두 번 반복하면 귀여운 느낌이 나려나? 그럼 둑둑? 아니야, 더 이상해. 눈물 흘리는 거 같잖아. 아, 그럼 받침을 빼 볼까? 두두! 그래, 두두가 좋겠다. 우리의 예쁜 강아지 이름은 두두로 하자. 나는 드디어 어울리는 이름을 찾았다는 기쁨에 당장 연을 찾아갔다.

연은 두두의 집 앞에 있었다. 우리가 두두를 데려올 때 학교 분리수거장에서 가져온 고무 대야를 엎어 만든 집이었다. 두두는 연의 품에 안겨 있었다.

"뭘 잘못 먹은 거 같아."

말하면서 연은 울었다. 눈을 감고 혀를 빼문 두두의 몸이 차갑게 식어 있었다. 연의 굵은 눈물방울이 두두의 몸에 뚝뚝 떨어졌다. 이름 지어 주는 데만 일주일이 걸렸는데. 정말 잘 돌보려고 했는데. 많이많이 아껴 주려고 했는데. 두두는 우리 마음에 자기 몫의 커다란 사랑을 만들어 놓고도 그걸 받지 못했다. 그때 나는 한이 맺힌다는 말을 몰랐지만, 나와 연의 마음에 두두는 한으로 남았다.

그런데 갑자기 두두를 똑 닮은 강아지가 나타난 것이었다. 연이 돌아온 것처럼 두두도 돌아온 건지 몰라. 나는 그 강아지를 두두라고 부르기로 했다. 다른 이름은 상상할 수 없었다. 내가 가까이 다가가 무릎을 굽혀 앉아도 도망가지 않는 강아지를, 두두를, 나는 조심스레 들어서 안았다. 한낮이라 여전히 몹시 더웠지만 두두를 안은 느낌이 좋았다. 따뜻하고 포근했다. 내가 오랫동안 잊고 있던 느낌이었다. 연이 얼른 내려와서 두두를 보면 좋겠다는 생각에 하늘을 올려다보았다. 두두도 나를 따라 했다. 하늘엔 구름 한 점 없었다.

6

두두를 위해서라도 돈을 벌어야 했다. 날씨처럼 쉽게 변하는 것에 영향 받지 않고 크게 머리를 쓸 필요가 없는 일. 위험하지 않고 사람에게 상처받지 않아도 되는 일. 매일 할 수 있고 오래 할 수 있고 임금은 밀리지 않는 일. 나는 그런 일을 하고 싶었다.

내가 생각해도 이런저런 조건을 너무 많이 따지나 싶었지만 일은 예상보다 무척 쉽게 찾아졌다. 구인 구직 사이트에 접속해서 처음으로 눌러 본 일이 딱 그랬다. 매일 셔틀버스로 출퇴근하고 일당으로 10만 원 안팎의 돈을 바로 입금해 주는데, 업무가 단순하면서도 독립적이어서 자기 일만 잘하면 되고, 쉬지 않고 매일 일한 사람은 300만 원을 벌 수 있다고 했다. 나로서는 마다할 이유가 없는 일이었다. 왜 진작에 이런 일을 알지 못했을까 안타까운 마음까지 들었다. 험난한 도로 위를 달리며 배달하는 동안 다쳤던 몸과 상한 마음이 머리와 눈꺼풀을 욱신거리게 했다.

내가 새롭게 일을 시작한 곳은 대형 이커머스 회사의 물류 센터였다. 구인 구직 사이트에 안내된 담당자 연락처로 메시지를 보내자 바로 답신이 왔다. 메시지에 포함된 링크를 누르니 셔틀버스 정류장과 시각이 나왔다.

집에서 가까운 정류장에서 오후 네 시에 버스를 탔다. 낯선 길을 40분 정도 가니 물류 센터가 나왔다. 축구장 열몇 개가 들어가는 넓이라고 하더니, 과연 독립된 마을에 들어온 것 같았다. 커다란 창고형 건물 안에서 수많은 사람들이 바삐 움직이며 물건을 나르고 상자에 스티커를 붙이고 바코드를 찍고 있었다.

환하고 밝고 깨끗하고 넓다.

내가 물류 센터에서 받은 첫인상은 그랬다.

처음으로 근로 계약서라는 걸 썼고 한 시간 동안 교육도 받았다. 본격적으로 일을 시작하기 전에는 같이 온 사람들과 체조도 했다. 관리자라는 사람은 안전이 중요하다는 말을 했다. '사원님'이라고 불렸을 때는 마음이 조금 설레기까지 했다. 밤 열 시가 되니 밥도 줬다. 식사 시간이 50분, 업무 중에 쉬는 시간이 10분, 휴식 시간은 총 60분이었는데 그 시간을 온전히 쉬는 사람은 없었다. 다들 밥을 먹자마자 바로 일하러 갔다. 나도 그렇게 했다.

내가 맡은 일은 진열이었다. 나는 그 일을 잘 해냈다. 뭐랄까. 적성에 맞았다. 교육 시간에 들은 바로는 고객의 소비 패턴을 분석해서 주문이 들어올 제품의 수량과 시기를 예측해 상품을 미리 준비하기 때문에 로켓처럼 총알처럼 배송할 수 있다는 게 회사의 특장점이었다. 내 처지에선 또 AI가 시키는 대로 일하라는 소리로 들리긴 했다. 어쩔 수 없이 반감이 생겼지만 막상 일을 해 보니 재미있었다.

단말기에 뜨는 메시지에 따라 필요한 만큼의 상품을 카트에 싣고 가서 선반에 채웠다. 건물 2층 높이는 훌쩍 넘을 것 같은 거대한 선반들 사이를 누비면서 푸룬 주스 5개, 남아용 기저귀 12개, 파인애플 통조림 2박스 등등을 재빨리 필요한 곳에 가져다 놓았다. 이동 거리가 아주 짧은 배달 같았다.

관리자는 내 손이 빠른 편이라고 칭찬했다. 오랜만에 들어 보는 칭찬에 기분이 좋아졌다. 일손이 느린 사람들은 관리자에게 호출되어 망신을 당하기도 했지만 나에게는 해당되지 않는 일이었다. 단말기에 '빨리 채워 주세요.' 같은 말이 떠도 당황하지 않았고, 높은 선반이든 낮은 선반이든 제때제때 물건을 채웠다.

　일하는 날이 늘어 갈수록 더 많은 물량이 내게 할당되는
듯했다. 그래도 나는 밀리지 않고 물량을 맞췄다. 일주일이
지나자 관리자가 내게 계약직 전환을 제안했다. 계약 기간은
3개월이라고 했다. 내가 꾸준히 잘한다면 다음에는 9개월, 그
다음에는 1년 단위로 계약을 갱신하게 된다 했다. 그리고 최
종적으로는 무기 계약직도 될 수 있다는 것이었다.

　"무기…… 계약이 뭐죠?"

　내가 묻자 관리자가 사람 좋게 웃으며 말했다.

　"죽을 때까지 일해도 된다고요. 평생직장 되는 거죠."

　관리자님 같은 일도 할 수 있는 건가요? 그렇게 묻진 않
았다. 욕심도 나지 않았다. 적성에 맞는 일을 매일, 정해진 돈
을 받으며 할 수 있다면 그걸로 충분했다.

　퇴근 버스에서는 전부 눈을 감고 있었다. 버스에 설치된
TV에 새벽을 알리는 프로그램이 나오고 있었지만 그걸 보는
사람은 없었다. 모두 푸른 새벽빛에 얼굴을 담그고 잠을 잤
다. 평소 같았으면 나도 그랬을 것이다. 하지만 그날은 잠이
오지 않았다. 이제 나는 아르바이트가 아니라 직원으로 출근

한다. 연과 두두에게 조금 더 당당해질 것 같았다. 잠든 사람들을 실어 나르는 버스에서 눈을 뜨고 TV 화면을 똑바로 보았다.

"오늘은 우산 챙기셔야겠습니다. 간밤에 북상한 비구름이 전국에……."

기상 캐스터가 말했다. 창밖을 보니 비가 내리고 있었다. 굵고 곧은 빗방울은 정류장에 도착할 때까지 그치지 않았다.

4장 Let's go picnic

1

셔틀버스에서 내린 사람들이 손으로 머리만 가린 채 빠르게 흩어졌다. 나는 늘 챙겨 다니던 4단 우산을 펴고 걸었다. 세상이 아직은 완전한 아침을 맞이하기 전, 우산에 통통 떨어지는 빗방울 소리가 듣기 좋았다.

연이 와 있을까?

집까지 뛰어가고 싶었지만 그러지 않았다. 오래 기다렸던 만큼 연에게 더 산뜻한 모습을 보이고 싶었다. 비는 갈수록 세차게 내려 운동화 코가 물을 먹었다. 발끝이 축축이 젖었지만 기분은 화창한 봄날 같았다. 연과 배드민턴을 쳤던 꿈속과

닮은 기분이었다. 그 기분을 잘 간직하고 연을 만나서 그동안의 이야기를 다 들려주고 싶었다. 배달을 그만둔 것, 해원에게 닭갈비를 가져다준 것, 두두를 만난 것 그리고 큰 회사의 직원이 된 것까지. 그리고 그 순간들마다 떠오르던, 연을 향한 마음에 대해서도 차분하고 당당하게 이야기할 수 있을 것 같았다.

네가 없는 시간 속에서 내가 이만큼 앞으로 걸어갔다고, 그건 네가 나를 찾아와 주었기 때문이라고.

낯 뜨겁지 않게, 어색하지 않게 말할 수 있을 것 같았다. 나는 내가 지니게 된 소중한 기분 하나가 깨지지 않도록 한 걸음 한 걸음 조심스레 걸어서 집으로 돌아갔다.

원룸 건물에 도착해서 우산의 물기를 털어 낼 때까지도 비는 기세 좋게 쏟아졌다. 한동안 그치지 않을 것 같았다. 연이 와 있을지 모른다는 예감은 어느새 확신으로 바뀌었다. 문을 열면 연이 나를 반겨 줄 거야. 어쩌면 두두와 밀린 이야기를 나누고 있지 않을까? 뭐든 좋았다. 연이 이 세상에 내려와 있기만 하다면.

하나, 둘.

심호흡을 하고 문을 활짝 열었다.

방은 아직 어두웠다. 전등 스위치를 눌렀다. 인공의 빛이 방을 조금 밝혀 주었으나 그뿐, 방 안에서는 아무런 기운도 기척도 느껴지지 않았다. 그저 늘 보아 오던 살풍경한 방. 그리고 그곳에 당연히 있어야 할 두두까지 보이지 않았다.

연이 오지 않는 건, 그래, 있을 수 있는 일이었다. 설령 영영 돌아오지 않는다 해도, 어쩌면 그게 더 자연스러운 일일지도 몰랐다. 내가 그 사실을 담담히 받아들일 수 있는지와는 별개로. 그러나 두두는 다르다. 두두는 엄연히 살아서 숨을 쉬는, 이 세상의 개이니까.

나는 연이 처음 나타났을 때처럼 내가 꿈을 꾸고 있나, 생각했다. 두두와 만났던 것이 사실은 긴 꿈이 아닐까? 없었던 일이 아닐까? 하지만 두두는 틀림없이 있었다. 나를 따라왔고, 나와 함께 지냈다. 두두를 찾으러 밖으로 뛰어나가려고 했다. 그때, 방문이 열렸다.

"왔어?"

연이었다. 나는 우두커니 서서 연을 바라보았다. 연의 앞에 두두가 있었다. 비에 전혀 젖지 않은 보송보송한 모습으로 내게 달려왔다. 내 가랑이 사이로 8자를 그리며 제 몸을 비빈 뒤에 물그릇 앞으로 갔다. 나는 물그릇에 생수를 따라 주었다.

"다친 데는 괜찮아?"

연이 어느새 내 곁에 와 있었다. 나는 이상한 소리를 내며 울었다. 나도 모르게 갑자기 터진 울음이었다. 속상하거나 슬퍼서 운 건 아니었다. 너무 좋고 너무 마음이 놓여서, 연과 두두가 너무 반가워서, 그래서 운 거였다.

2

펑!

전구 터지는 소리가 나더니 방이 어두워졌다. 천장의 형광등이 깨졌나 해서 살펴봤지만 멀쩡했다. 방에 있는 스위치들—이라고 해 봤자 입구에 하나, 화장실에 하나였지만—을 눌러 봤다. 하나도 켜지지 않았다. 복도로 나가 봤더니 센서등에도 불이 들어오지 않았다. 정전이었다. 펑, 소리는 멀지 않은 곳의 가로등이 터지면서 난 것 같았다.

쓸쓸하고 스산한 분위기가 되었다. 내 방만 그런 게 아니라 원룸 건물 전체가, 아니 온 동네가, 아니 어쩌면, 세상이 멈춘 듯했다. 전기는 어디까지 끊겨 있을까. 세상은 어디까지 멈춰 있을까. 겨우 이 정도 비에도 무언가 끊어지고 멈추는 곳에 살고 있다는 실감. 그것이 나를 불안하게 했다. 서글픔이나 외로움 같은 건 사치처럼 느껴졌다. 우리는 안전하지 않다. 확신이 들어서 불안했다.

나와 비슷한 기분이었는지 두두가 구석을 찾아다니며 낑낑거렸다. 두두의 그런 모습이 상황과 어울리지 않게 귀여웠다. 두두 곁으로 가 등을 쓸어 주었다. 두두는 꼬물거리며 내 허벅지 위로 올라왔다. 두두의 체온이 내 몸을 따뜻하게 해 주었다. 정전으로 끊어진 것들이 다시 내게 흘러들어 오는 기분이었다. 두두도 숨을 고르게 쉬었다. 전기 말고 사라진 건 아무것도 없어. 마음이 천천히 놓였다.

나와 두두가 온기를 나누며 평온을 찾는 사이,

"어?"

연이 말했다. 뭐에 놀란 것 같은 목소리였다. 고개를 들어 보니 정말로 놀라운 일이 일어나고 있었다. 연의 손끝에서 자그마한 불이 피어오른 것이었다. 연은 그 불을 홀린 듯이 바라보다가 나와 두두 옆에 앉았다. 불이 꺼질까 봐 조심조심 천천히 움직였다. 끝이 조금 흔들리긴 했지만 불은 온전하게 두두와 내 눈앞까지 왔다. 우리는 멍하니 불을 바라봤다. 왠지 마음이 더 편안해졌다. 언제까지고 그 불을 보고 있어도 좋겠다는 생각이 들었다.

"어떻게 한 거야?"

내가 묻자 연은,

"또 되려나 몰라."

말하고 오른손을 딱! 소리가 나게 튕겼다. 작은 불꽃이 팟, 하고 튀더니 집게손가락 위로 방금 전과 똑같은 모양의 불이 둥둥 떠올랐다.

"된다!"

우리는 함께 감탄했다. 두두도 작은 소리로 컹, 짖었다. 작은 불이어서 별로 뜨겁지 않았다. 그저 딱 좋을 만큼의 온도와 밝기로 우리를 비추었다. 주황색 꽃이 핀 것도 같았다. 꽃을 닮은 불 앞에 모인 세 얼굴에 불빛이 어른거렸다. 그리고 연이 내게 말했다.

"우리 데이트하자."

3

데이트……?

나와 연이 그런 걸 할 수 있으리라 생각해 본 적이 없었다. 연이 이 세상 사람일 때도 못해 본 생각이었다. 연을 좋아한 시간이 짧지 않았는데도 그랬다. 마음 아플 일을 만들고 싶지 않아서였다. 내게 있어 뭔가를 바라는 일은 예나 지금이나 상처를 담보로 했다. 바라는 것을 버리는 것. 그건 나와 연에게는 습관처럼 익숙해져야 하는 일이었다. 잘되지 않으면 애쓰기라도 해야 했다. 누가 가르쳐 준 적도 시킨 적도 없지만, 우리는 알아서 그렇게 살았다.

데이트를 신청했다가 거절당하는 건 두렵지 않았다. 나 같은 사람이 아니어도 얼마든지 겪을 수 있는 일이니까. 내가 겁을 낸 건 데이트라는 행위 그 자체였다. 내가 아는 데이트는, 잘 차려입은 연인 한 쌍이 볼 것과 먹을 것이 많은 곳에 가서 넉넉하고 아늑한 시간을 보내는 일이었다. 아무리 상상해 보려 해도 내게는 어울리지 않는 일이었다. 데이트, 하다못해 그 비슷한 것에라도 닿기 위해서는 내가 해결하거나 포기해야 하는 것이 너무 많았다. 그게 사랑이든, 시간이든, 돈이든, 내가 알지 못하는 다른 그 무엇이든.

그러나 우리는 데이트를 하기로 했다.
"땅에 떨어진 꽃을 뿌려도 꽃놀이는 꽃놀이잖아."
연의 말이 내게 용기를 주었다. 그렇지. 연과 해원도 잠깐이었지만 아름다운 시간을 가졌었지. 좋아하는 사람이랑 좋은 시간을 보낼 수 있다면, 무얼 하든 그게 데이트 아닐까? 내가 가질 수 없다고 생각한 것들은 사실 지레 겁을 먹고 외면한 것들일지도 몰랐다.

나는 마음으로 되뇌어 봤다.

데이트는 즐거울 것이다.

그렇지 않을 이유가 없지.

이제 우리 곁엔 두두까지 함께니까.

데이트는 마트에 가는 것으로 시작했다. 우리는 마트 바구니에 샌드위치와 김밥 재료를 담고 후식으로 먹을 방울토마토와 키위도 담고 내가 마실 콜라와 연이 마실 사과주스도 담았다.

"콜라 마시면 이 썩어. 뼈 상해."

연이 장난스럽게 말했다.

"주스도 어차피 설탕이거든? 먹으면 살쪄."

나도 지지 않고 대꾸했다.

"나는 살찔 몸이 없는데?"

연이 정색하며 말했다. 내가 어쩔 줄 몰라 하자 연은 금세 표정을 풀고 말했다.

"농담이야, 농담."

그러고는 웃었다. 몸이 없다는 연의 말이 물론 농담이긴 했겠지만, 사실이 아닌 건 아니어서 조금 슬퍼졌다. 그래도 나는 연을 따라 웃었다. 슬픔이 비치지 않게 얼른 웃었다. 슬퍼지고 싶지 않았다. 오늘은 즐거운 데이트 날이니까.

마트를 한 바퀴 더 돌면서 음식을 담을 도시락과 과자 몇 봉지를 사고 두두에게 먹일 사료도 좋은 것으로 샀다. 물은 연과 나와 두두가 함께 마셔야 했으므로 2리터짜리 생수 두 병을 골랐다. 바구니에 담긴 것들이 계산대를 통과하는 동안 나는 화면에 뜨는 금액에 시선을 고정했다.

연이 내 옆구리를 콕 찌르며 말했다.

"오늘은 너무 돈, 돈, 하지 말자."

나는 고개를 끄덕였다. 하지만 화면에 눈길이 가는 건 어쩔 수 없었다. 다행히 금액은 어제 번 일당을 넘지 않았다.

마트 입구의 비가림 천막 아래 묶어 두었던 두두의 줄을 풀었다. 천막 끝에 고여 있던 물방울이 내 어깨로 뚝뚝 떨어졌다. 연이 손을 펴서 내 어깨를 가리자 물방울이 비켜 갔다. 나는 빙긋 웃으며 연에게 두두를 건넸다. 연이 두두를 몇 번 쓰다듬자 빗방울이 두두에게 닿지 않았다. 두두는 작고 동그란 투명 우산에 들어가 짧은 다리를 부지런히 움직이며 걸었다. 연과 나는 우산을 썼다. 연이 우산을 들고 내가 짐을 들었다. 연이 그러길 원해서였다.

"비 올 때 우산을 세 번 같이 쓰면 연인이 된대."

연이 말했다.

"누가 그래?"

내가 물었다.

"몰라. 어디서 들었어."

연이 대답했다. 참 실없고 달달한 미신이라고 생각했다. 또 같이 쓰자. 우산 많이 쓰자. 이 말이 입에 맴돌았지만 왠지 부끄러워서 입 밖에 내지는 못했다. 연도 더는 이야기하지 않았다. 우리는 마트에서 그랬던 것처럼 시답잖은 농담을 주고 받으며 웃었다. 두두는 열심히 세상 구경을 하며 걸었다. 두두의 반짝이는 까만 눈이 내게 기쁨을 주었다.

비는 계속 내렸지만 해가 제법 떠서 세상이 환해졌다. 번지는 빛을 따라 마음이 부풀었다. 연도 비슷한 마음인지 목소리가 밝았다. 그 순간 나는 우리가 같은 기분을 나누고 있다고 느꼈다. 연과 나 그리고 두두까지 같은 기분으로 이어져 있는 느낌이었다.

데이트하는 기분. 참 좋구나.

그런 생각이 들었다.

4

도시락에 음식을 꼭꼭 채워 넣었다. 학교를 졸업한 뒤로 꺼내 본 적 없는 백팩에 다른 짐들도 챙겼다. 우리의 목적지는 인천공항이었다. 거기에 가자고 한 건 연이었다.

"공항?"

나는 놀람 반 의아함 반의 마음으로 물었다. 비행기를 탈 것도 아닌데 왜 공항을? 혹시 연이 해리 포터처럼 9와 4분의 3역 같은 데를 알기라도 하는 걸까? 그래서 우리도 비행기를 타고 어디로 떠날 수 있게 되는 걸까?

"너무 많은 걸 바라고 계신데요?"

연이 내 생각을 자르며 말했다. 연은 그냥 비행기를 보고 싶을 뿐이라고 했다. 콜센터에서 일할 때 고객에게서 들은 이야기 때문이었다. 막 첫돌을 지난 아기와 비행기를 타려는데 좌석을 두 개 구매해야 하는지 문의한 고객이었다. 12개월 된 아기는 탑승 요금도 좌석 배정도 없다는 연의 답변을 듣고 고객은 한층 밝아진 목소리로 이렇게 말했다.

"해외여행 갈 때 제일 기분 좋은 순간이 언제인지 알아요?"

고객에게서 상담 내용 이외의 말을 듣는 건 종종 있는 일이었지만 연은 당황했다. 해외여행이라니. 연에게는 너무 먼 이야기였다. 그러나 고객과 대화할 때 상담원의 침묵은 있을 수 없는 일이었다. 적당히 대답하고 끊어. 팀장의 메시지가 모니터에 떴다.

"잘 모르겠습니다, 고객님. 어떤 때가 좋으신가요?"

연은 내게 말하면서 상담원 목소리를 냈다. 의도한 건 아니었는지 이내 쑥스러워했다. 한 번도 들어 본 적 없고 상상해 본 적도 없는 목소리였다.

연은 하던 이야기를 끊고 물었다.

"표정이 왜 그렇지?"

"아니, 그냥……. 네가 상담원처럼 말하니까 낯설기도 하고……. 어떤 표정을 지어야 할지 모르겠어."

"웃으면 되지, 뭘."

연이 미소를 지었고 나도 웃었다. 연은 이야기를 이어 갔다. 연의 물음에 고객은 이렇게 대답했다.

"내가 탈 비행기 기다리면서 다른 비행기를 구경할 때예요."

그렇게 말하면서 연은 목소리와 말투를 조금 바꿨다. 이 번에는 고객의 목소리를 따라 한 것 같았다. 그 목소리에는 약간의 설렘과 약간의 자랑, 아니 그냥 자랑이라 하기엔 어딘 지 불편한 과시와 무시의 기운이 담겨 있었다. 연은 3초 동안 침묵했다. 고객이 말한 장면을 상상해 보려 했지만 잘되지 않았다. 본 적이 없으니까. 야, 이제 끊고 다음 콜 받아! 팀장의 메시지가 떴다.

나는 마음이 상했다.

"그 고객은 바쁜 사람 붙잡고 쓸데없는 이야기를 하고 그래."

내 말에 연은 이렇게 대답했다.

"모르는 소리 마. 그러고도 자랑을 얼마나 더하던지. 팀장이 내 자리까지 와서 겨우 끊었어. 그런데 그 정도면 진상 중에서는 천사야. 끊을 때는 고맙다는 말까지 했다고."

그리고 연은, 천사 고객이 이야기한 공항과 비행기의 모습을 궁금하게 되었다. 퇴근하고 집에 돌아오면 여행 브이로그를 보면서 공항 구경을 하곤 했다. 깨끗하고 넓은 공항에 커다랗고 멋진 비행기들이 활주로 위를 천천히 움직이다가 어느 순간 힘껏 날아오르는 광경을, 통유리창 너머로 보이는 파란 하늘과 그럴 때 발 앞으로 쏟아지는 햇살을, 연은 종종 꿈에서 봤다고 했다. 혼자서, 아니면 누구와 둘이서, 어떤 때는 많은 사람들과 함께 공항에 가고 비행기에 타서 가뿐하게 이 땅을 떠났다가 사뿐하게 돌아오는 꿈. 그 꿈에는 나도 나왔다고 했다.

그래서 우리는 공항에 갔다. 공항으로 가는 버스에 리무진이라는 이름이 붙어 있어서 기분이 더 들떴다. 문제는 두두였다. 승차를 거부당할까 봐 걱정이 됐다. 반려동물을 데리고 타려면 전용 가방이 있어야 한다는 걸 공항버스 정류장에 도착해서야 깨달았다.

"나만 믿어."

연은 그렇게 말하고 두두를 안았다. 그러고는 숨을 참는 것처럼 흡, 소리를 내더니 버스에 탔다. 연과 두두가 유유히 버스 안으로 들어갔다. 기사에게 연은 물론이거니와 두두도 보이지 않는 모양이었다.

"안 타요?"

기사의 독촉에 나도 얼른 버스에 올랐다. 연이 두두의 앞발을 붙들고 흔들며 내게 웃었다.

밤샘 작업을 한 뒤의 피로가 몰려와 인천대교를 건너는 동안 깜빡 잠이 들었다. 다리 위를 달리면서 시야에 가득 들어왔던 바다의 풍경 때문이었을까. 꿈속에서 나는 해변에 있었다. 어딘지 확실하게 알 수는 없었지만 우리나라가 아닌 건 분명했다. TV 같은 데서 보던 이국의 해변이었다. 내 손에는 낯선 빛깔의 차가운 음료가 들려 있었다. 얼음이 담긴 컵에서 전해지는 시원한 기운이 좋았다. 바닷물에 들어간 누가 나를 불렀다. 즐거운 목소리였다. 목소리의 주인이 누구인지 잘 가늠되지 않았다. 연이기를 바라면서 뛰어갔다.

"안 돼! 물에 들어가면 안 돼!"

또 다른 누가 내 손목을 콱 움켜쥐었다. 본능적으로 고개가 돌아갔다. 눈앞에 있는 사람은 연이었다. 다시 고개를 돌려 바다 쪽을 보니 푸른 하늘과 쪽빛 바다는 사라지고 어마어마한 해일이 덮쳐 왔다. 연이 나를 붙들어 끌어안았다. 피하기엔 이미 늦은 뒤였다. 엄청난 양의 물이 몸에 닿는 느낌이 났고 연과 나는 맥없이 물에 휩쓸렸다. 그 순간 잠에서 깼다.

현실로 돌아왔는데도 얼굴에 세찬 물줄기가 닿는 게 느껴졌다. 착각이었다. 비는 얼굴이 아니라 차창을 때리고 있었다. 그런데도 얼굴에 직접 닿는 것 같았다. 그 정도로 거센 비였다. 앞이 제대로 보이지 않을 만큼 뿌옇게 쏟아졌다.

5

교통사고였다. 옆 차선의 승용차 운전자가 졸음운전을
하다가 빗길에 미끄러지면서 우리가 탄 버스 앞으로 튀어 들
어왔고 그 바람에 사고가 난 것이었다. 버스에서 내려 보니
승용차는 10미터 정도 튕겨 나가 앞머리를 주행 방향의 반대
쪽으로 두고 있었다. 차체의 오른쪽 뒷면이 많이 찌그러졌지
만 운전자는 크게 다치지 않았는지 차 옆에서 전화를 하고 있
었다. 버스는 가드레일과 충돌하기 직전의 아슬아슬한 상태
로 비스듬히 서 있었다.

상황이 이해되자 배달 사고 때 다쳤던 어깨와 무릎이 욱
신거렸다. 버스가 급제동하는 순간에 연이 붙들어 줘서 크게
다친 곳은 없었지만 몸이 성치 않은 건 확실했다. 하늘에서는
우박 같은 비가 후드득 후드드득 소리를 내며 쏟아졌다. 그런
데도 날이 흐리지 않고 햇빛이 강했다. 연이 하늘을 물끄러미
올려다보며 말했다.

"얼른 가야겠다."

나도 하늘을 보았다. 빗줄기 때문에 흐린 시야 속에서도
하늘을 곧게 가로지르는 비행기 한 대가 보였다.

연이 가야겠다고 한 곳은 공항이 아니라 저 세상이었다. 시간이 촉박하다고 했다. 비가 곧 그칠 것 같은데, 제때에 돌아가지 않으면 위험할 수도 있다고 했다.

위험?

처음 듣는 이야기였다. 어떤 위험? 이미 목숨까지 잃은 연에게 어떤 위험이 남아 있다는 건지. 묻고 싶었고 또 물어봐야 했지만 나는 아무 말도 할 수 없었다. 연에게서 듣게 될 이야기의 무게가 내가 감당할 수 있는 것보다 아득히 클 것만 같았다.

왠지 주위가 서늘해지는 느낌에 몸을 움츠렸다. 연은 이렇다 할 표정도 없이 그냥 앉아 있었다. 담담한 연을 보니 괜스레 화가 났다. 고작 비행기를 구경하려던 건데, 타는 것도 아니고 좀 보기만 하겠다는 건데, 그것조차 허락해 주지 않는 세상이 원망스러웠다. 나의 세상, 연의 세상, 모두 미웠다.

연이 나를 달랬다.

"다음에 가면 되지."

다음이라는 게 있을까? 나는 마음 졸이며 연을 기다리던 날들을 떠올렸다. 걱정을 들키고 싶지 않아서 창밖만 내다봤다. 연의 말대로 빗줄기가 가늘어지고 있었다.

"급하면 지금이라도 가면 되잖아."

연에게 그럴 일이 아니라는 걸 알면서도 말이 퉁명스럽게 나왔다. 다음이 있을지 걱정된다면 더더욱 그러면 안 되는데도 마음이 잘 다스려지지 않았다. 데이트는 아직 끝나지 않았어. 머릿속에서 목소리가 울렸지만 아쉽고 속상한 마음을 어쩔 수가 없었다.

"너 혼자 집에 보내기 싫어. 그리고 내가 없으면 두두는 무슨 수로 데려가니?"

연에게 고마웠다. 다정한 연에게, 또 언제 만날지 모르는 연에게, 나도 조금은 다정한 사람이고 싶었다. 그런 마음이 잘 드러나게 표현해 보고 싶었다. 내게는 참 어려운 일이지만 꼭 그렇게 하고 싶었다. 하지만 역시 어떻게 해야 하는지 방법을 몰랐다. 그래서 그냥, 웃었다. 웃으면 되지. 연이 했던 말을 떠올리며 웃는 표정을 지어 봤다.

"그래, 웃어. 훨씬 잘생겼네."

그저 웃었을 뿐인데, 기분이 나아졌다. 연이 돌아갈 때까지 많이 웃어야겠다고 생각했다.

버스 터미널에서 집까지는 걸어서 갔다. 두두가 산책을 하고 싶어 해서였다. 연이 하늘을 보며 말했다.

"한 시간 정도는 괜찮을 거야."

"어떻게 알아?"

"뭐, 대충. 감으로 아는 건데……. 아직은 괜찮아. 서두르지 말고 천천히 걸어. 같이 우산 쓰니까 좋아."

그래서 우리는 천천히 걸었다. 연이 만들어 준 작은 우산 안에서 두두가 부지런히 걷고 연과 나는 우산을 쓰고 걸었다. 별말 없이 걷던 연이 문득 생각났다는 듯이 내게 물었다.

"비행기를 탈 수 있게 되면 어디로 가고 싶어?"

나는 곰곰 생각해 봤다. 그것에 대해 생각해 본 적이 없었다. 여행이라니. 이곳을 훌쩍 떠나는 일은 가능과 불가능을 떠나, 내게는 허락되지 않은 일처럼 여겨졌다. 그러므로 나는 처음으로 고민해 본 것이다. 여행이라는 것이 허락된다면, 나는 어디로 가고 싶을까? 미국? 유럽? 동남아시아? 들어 본 데는 많지만 거기가 어떤 곳이고 뭘 할 수 있는 곳인지는 몰랐다. 그래서 이렇게 대답할 수밖에 없었다.

"너는?"

연도 생각에 잠겼다. 턱을 괴고 고민했다. 그러고는 이렇게 말했다.

"어디든 좋아. 딱 한 군데만 빼면."

"거기가 어딘데?"

"괌."

"왜?"

나의 물음에 연은 한동안 말이 없다가 툭 내뱉듯 답했다.

"그냥."

"그냥?"

"응. 그냥."

더 자세히 묻고 싶었지만 빗줄기가 한결 가늘어진 게 보여서 관두었다. 공연히 마음이 급해져 걸음을 재촉했다. 지금이라도 얼른 가라고, 연에게 말할까 했지만 말하지 못했다. 조금이라도 더 같이 걷고 싶어서였다.

6

방으로 돌아왔을 때는 늦은 오후였고 동네는 여전히 정전 상태였다. 이제는 정말 연이 돌아가야 할 때였다.

"아쉬워?"

연이 내게 물었다.

"응."

당연한 걸 묻고 그래. 나는 짐짓 다른 데를 보며 고개를 끄덕였다. 다정해지는 건 참 어려웠다.

"그럼 말이야."

연이 말하면서 손가락을 튕겼다. 불이 피어올랐고, 연은 그 불을 동그랗고 작은 초에 옮겼다.

"초가 어디서 났어?"

내가 묻자 연이 말했다.

"마트에서 샀지."

연은 밥상을 펴 달라고 했다. 내가 상을 펴자 그 위에 초를 올렸다. 그 곁에 두두와 나를 앉히고 연도 앉았다.

"소원을 빌어. 우리가 빨리 만날 수 있게 해 달라고."

연이 말했다.

"그럼 빨리 올 수 있어?"

내가 물었다.

"그걸 알면 소원이 아니잖아. 일단 빌어."

나는 두두를 안고 눈을 감았다. 연과 빨리 만나게 해 달라고. 두두의 앞발을 내 두 손으로 감싸고. 정말로 소원을 빌었다.

"이 촛불이 켜져 있다면 내가 무사하다는 뜻이야. 그럼 또 보자."

눈을 뜨니 연은 이미 없었다. 창문이 열려 있고 맑은 하늘이 보였다. 창밖에서 물기를 머금은 바람이 불어왔다. 그래도 초는 꺼지지 않았다. 팟. 방과 화장실의 전등이 동시에 켜졌다. 촛불을 조심스레 들어 책상 위에 올려놓았다. 다시 바람이 불었고 해원의 일기장이 펄럭펄럭, 넘어갔다.

5장 열대야

1

연을 기다리면서 가끔씩 창문을 열었다. 그러면 방 안으로 바람이 불어 들기도 했다. 내 방의 자그마한 창문으로 뭐가 드나들 수 있다는 생각을 나는 오래도록 하지 못했었다. 아무리 넉넉한 마음으로 봐도 창문은 예의상 뚫어 놓은 숨구멍 정도로만 보였다. 내 손과 발을 동시에 포개면 충분히 가려질 만큼 작았다.

그래서였을까. 나는 내 방을 개봉하지 않은 통조림과 비슷하게 여겨 왔다. 그리고 그 속에 들어간 나는 통조림의 내용물처럼 그저 부패하지 않기만을 바랐다. 어떤 형태로든 썩지 않고 살아만 있는 것. 보호가 종료될 때 내 손에 쥐여진 돈 5백만 원으로 내가 바랄 수 있는 건 딱 그만큼이었다.

지원금을 계획 없이 다 써 버리거나 믿지 못할 사람에게 속아서 빼앗긴 뒤에 거리를 전전하는 아이들도 허다했다. 돈을 구하기 위해 내구제 대출에 손을 대거나 개인 정보를 팔았다가 신용 불량자가 되는 아이들도 있었다. 그런 아이들이 믿기 어려울 만큼 많았다. 그 아이들에 비하면 나는 나은 편일까? 내 삶은 위험하지 않은 걸까? 앞으로도 계속 그럴 수 있을까? 확신이 서지 않았다.

5백만 원은 큰 것 같으면서도 작은 돈이었다. 그 돈을 결코 크게 생각해서는 안 된다는 걸 알려 준 사람은 연이었다. 보육원 생활이 끝나면 바로 부동산부터 찾아가라고. 연은 똑같은 열아홉 살이면서 서른아홉 살은 된 사람처럼 내게 가르쳐 주었다. 아마도 비슷한 경우에 더 쉽게 위험에 빠지는 쪽은 여자아이들이었기 때문에 연이 나보다 위기감을 일찍 느꼈던 것 같다. 연은 보호 종료 이후의 삶을 자주 고민했고 뭔가를 계속 알아봤다. 그렇게 알게 된 점을 나에게도 빠짐없이 알려 주었다. 그 덕분에 나는 몸을 누일 수 있는 작은 방 하나는 갖게 되었다.

그러나 그뿐.

내 삶은 그대로였다. 연이 누구보다 빨리 현장 실습에 나설 때까지도 나는 무기력의 굴레에 빠져 허우적대고 있었다. 삶의 궤도를 수정해 보려는 시도조차 하지 않았다. 어쩌면 연의 노력도 결국에는 부질없어지고 말 거라고, 저주에 가까운 짐작을 했는지도 모른다. 내가 나의 삶을 조금이나마 덜 미워하는 방식은 그런 것이었다. 스스로 무력해지는 것. 세계의 회의를 신뢰하지 않는 것. 그 생각은 연이 죽은 뒤로 더 심해졌다. 그리하여 내 방은 통조림 같은 곳. 가끔은 정말 굽지 않은 햄의 기름 냄새 같은 게 났다. 그런 방의 뚜껑이 열리지 않게, 그리하여 내가 썩지 않으려면 꾸준하고도 지겨운 노력이 필요했다. 그 노력이란 발전이라든가 성장 같은 말과는 친하지 않았다. 나의 노력은 오로지 버티는 데만 관심이 있었다. 하루를, 한 시간을, 어떤 한순간을 버티는 노력.

그렇게 사는 건 힘든 일이었다. 그러니 나는 내가 어떤 사람보다 나은 삶을 살고 있다고 생각해 본 적도, 말해 본 적도 없었다.

그러나 그건 연이 이 세상에 내려오기 전까지의 생각이었다. 연이 비를 타고 온 날부터 나는 달라졌다. 이제 나는 창문을 열면 바람이 들어오기도 한다는 걸 아는 사람이 되었다.

내 방은 통조림이 아니었고 나는 햄이나 피클 같은 게 아니었다. 앞으로, 다음에, 언젠가. 이런 말이 내 머릿속에도 이따금씩 떠올랐다. 누가 말해 주지 않았는데 저절로 그런 생각을 했다는 게 내게 놀라운 일이었다.

그리고 새로운 습관이 생겼다. 연이 켜 놓고 간 촛불을 오랫동안 바라보는 일이었다. 초는 녹지도 줄지도 않았다. 나는 연이 무사하다는 데 감사했다. 그리고 매일 일하고 돈을 벌어 모으는 삶을 살게 되었음에 감사했다. 그럴 때 두두는 내 옆을 지켜 주었다. 조용히 앉아 있다가 내 손등을 핥았다. 나는 두두를 배고프지 않게 할 수 있어서, 두두가 나쁜 것을 주워 먹지 않게 해 줄 수 있어서, 감사했다.

2

창을 타고 들어오는 바람이 해원의 일기장을 넘겨 주기도 했다. 나는 그 바람을 연이 보내는 메시지로 이해했다. 그런 날에는 두두를 안고 일기를 읽었다. 일기에 담긴 연과 해원의 날들은 씹으면 씹을수록 질겨지는 잡초처럼 씁쓸했다. 나는 그래도 읽었다. 연이 내게 보여 주려는 시간과 세상을 꼭

꼭 씹어 삼켜 소화하고 싶었다.

연을 보고 싶은 마음이야 하루에도 열두 번이었지만, 일기를 읽다 보니 해원도 만나 보고 싶어졌다. 어떻게 보면 남의 일기를 훔쳐본 셈이기도 하니까 미안한 마음이 있었다. 하지만 그보다 더 앞선 마음은 걱정이었다. 일기를 읽는 동안 '도대체, 어째서, 왜' 이런 말이 자꾸 떠올랐기 때문이다. 해원에게 가 봐야겠다는 생각을 했다. 닭갈비를, 이번에는 배달인 척하지 말고, 같이 먹으러 왔다고 말하면서 찾아가 볼까? 그러나 쉽게 용기가 나진 않았다. 막상 해원을 보면 무슨 이야기를 해야 할지 잘 떠오르지 않아서였다.

일기를 읽고 난 나를 두두가 슬픈 눈으로 보던 날이 있었다. 두두 눈에 비친 내 얼굴 역시 흘러내릴 듯 슬퍼 보였다. 이제 해원을 만나러 가는 일을 더는 미룰 수 없다고 생각했다.
그리고 그날, 해원이 회사 셔틀버스에 탔다.
"너도 이 일 하는구나."
버스는 날마다 만석이어서 내 옆자리에 누가 앉는 일은 매번 있었지만 내게 말을 건 사람은 처음이었다. 눌러쓴 모자의 챙을 들어 보니 해원이 있었다.

"어······?"

내가 놀라자 해원은 의자에 몸을 묻으며 말했다.

"뭘 놀라고 그래. 요새 이 일 하는 사람이 얼마나 많은데."

맞는 말이었다. 물류 센터에서 일하는 사람은 정말 많았다. 그런데도 회사는 끊임없이 사람을 구했다. 희한하게도 사람은 계속 채워졌다. 일하러 오는 사람들은 크게 두 부류로 나뉘었다. 우선 나처럼 먹고살려고 일하는 사람이 있었다. 그들은 대부분 나보다 나이가 많았다. 내 또래는 생계보다는 대학 등록금이나 여행 경비를 마련하려 단기간 일을 했다.

나는 해원이 어느 쪽에 속하는지 궁금했다. 나와 같은 이유가 아니기를, 해원이 단지 필요한 물건이 있어서 또는 가고 싶은 데가 생겨서 하루나 며칠 정도만 나온 것이기를 바랐다. 이 일은 고되니까. 정말로 너무 힘드니까. 계약직으로 전환되었을 때의 기쁨 따위 하루 만에 잊을 정도의 육체노동을 해야 하니까. 나도 겨우겨우 해 나가는 일을 몸도 작고 힘도 세지 않은 해원이 하기는 어려울 것이었다. 그렇지만 해원이 일을 해서 번 돈으로 여가를 즐기거나 쇼핑을 하는 장면이 잘 그려지지는 않았다.

"콜센터는 어떡하고······?"

나는 걱정하는 마음을 들키지 않게 조심하며 말했다. 해원이 걱정 받는 걸 좋아하지 않을 듯했다. 연과 내가 언제나 그러했듯이.

"너 내 일기장 안 봤어?"

해원이 되물었다. 내가 잠깐 망설이는 사이 해원이 먼저 말했다.

"관뒀어. 너랑 연이 다녀간 다음에."

무슨 말을 해야 할지 알 수 없었다. 해원에게 콜센터 일이, 그 현장 실습이 어떤 의미였는지 일기에서 봤기 때문이다. 함께 일하던 친구가 죽었는데 어떻게 계속 일을 할 수 있었느냐고, 그런 식으로 말할 수 없는 문제였다. 해원에게는 살아 내야 할 삶이 있었고 해원은 그 삶에 진지하게 임했다. 나는 죄책감을 느꼈다. 해원의 퇴사가 연과 나 때문일지도 몰라서였다. 연과 내가 찾아가는 바람에 해원이 쌓고 있던 것이 무너졌다는 생각이 자연스레 들었다.

"미안해할 것 없어."

해원이 팔꿈치로 나를 툭 쳤다.

"어차피 그만두려고 했어. 아주 오래전에 그랬어야 하는 데였지."

그렇게 말하고 해원은 팔짱을 끼고 눈을 감았다. 우리 사이에 침묵이 흘렀다. 버스가 고속 도로를 타자 사람들이 창문을 닫았고 에어컨이 나왔다. 퀴퀴한 냄새가 났는데, 나는 그게 에어컨 냄새인지 감지 않은 내 머리에서 나는 냄새인지 분간할 수 없었다. 해원의 일기를 보고 잠을 설쳐서 늦잠을 자는 바람에 두두 밥만 챙겨 놓고 허둥지둥 나오느라 머리를 감지 못했다.

내가 모자를 매만지며 곤란해하자 해원이 나지막이 말했다.

"머리 안 감았어?"

눈은 여전히 감은 채였다.

"응."

나는 자그맣게 대답했다.

"괜찮아. 나도 앞머리만 감았어."

"너는 왜?"

"물류 센터에 먼지가 너무 많다며. 머리 안 감아도 떡이 안 진다던데?"

듣고 보니 맞는 말이었다. 내가 물류 센터에서 모자를 벗고 일해도 머리카락은 먼지가 앉아 버석버석할 터였다. 나는 해원이 뭘 많이 알아보고 왔나, 그럼 진짜로 생계 때문에 온 게 맞나, 생각했다. 물론 해원에게 물어보지는 않았다.

3

해원이 일을 버거워하리라는 내 예상은 보기 좋게 빗나
갔다. 해원은 일을 아주 잘했다. 정말 기계처럼 일했다.

해원이 맡은 일은 집품이었다. 내가 첫날에 했던 진열 작
업 바로 다음에 이어지는 일이었다. 진열이 고객의 주문을 예
측해 물품을 진열대에 가져다 놓는 작업이라면, 집품은 실제
주문이 왔을 때 진열대에 있는 물품을 배송 공정으로 넘기는
작업이었다. 따라서 진열과 집품은 카트를 매개로 진열대에서
만나는 일이었다. 더 멀게는 물품의 입고와 배송이, 좀 더 크
게는 회사의 공급 예측과 고객의 실제 수요가 만나는 일이었
다. 진열과 집품을 할 때 나는 커다란 수원지에서 뻗어 나온
수만 개의 물줄기가 하나의 호수에서 만났다가 다시 흩어지
는 장면을 상상하곤 했다. 어쩌면 우리는 세상을 움직이는 일
을 하고 있는 게 아닐까? 내가 중요한 일을 하고 있다는 생각
이 들었고, 내가 그 일을 잘한다는 사실이 뿌듯했다.

해원도 알았으면 했다. 우리가 하는 일이 가치가 있다는
것을. 그러면 조금 덜 힘들 수 있으니까. 일하는 틈틈이 본 해
원의 표정에서는 아무것도 읽히지 않았다. 사실 자연스러운
일이었다. 나도 첫날에는 다른 생각을 할 겨를이 없었으니까.

해원은 아마 멱살을 잡아 올리듯 밀려드는 단말기 화면의 진열 물품을 처리하느라 정신이 없을 것이었다.

그러나 해원은 분명 잘하고 있었다. 어쩌면 나의 첫날보다 나은지도 몰랐다. 해원은 3차원 미로처럼 복잡한 선반의 구조와 진열대의 위치를 그새 다 숙지했는지 단말기에 시선을 고정한 상태로 망설임 없이 카트를 이리저리 밀고 꺾었다. 진열 속도를 높이려는 관리자의 독촉이나 진열 실수에 대한 관리자의 고성은 해원과 무관했다. 놀라운 일이었다. 너도 이 일이 적성에 맞나 보다. 몇 번을 생각해 봐도 뜻밖이긴 하지만, 다행이야. 나는 그런 생각을 하며 시계를 봤다. 어느새 식사 시간 30분 전이었다.

해원을 신경 쓰느라 그랬을까. 내 앞에 물품이 밀려 쌓이기 시작했다. 당황스러웠다. 며칠째 포장 공정에서 일하는 중이었는데 물품이 밀린 건 처음이었다. 포장은 조금이라도 느려지면 불호령이 떨어지는 공정이라 정신을 바짝 차려야 했다. 나는 스스로를 다그치며 손을 바삐 움직였다.

그때 해원의 목소리가 들렸다.

"여기 사람이 쓰러졌어요!"

근처에 있던 사람들 모두가 일손을 멈추고 해원을 쳐다

봤다. 해원의 앞에는 중년의 여자 한 명이 쓰러져 있었다. 해원은 쓰러진 사람의 어깨를 두드렸다. 여자의 입에서 거품이 흘러나왔다. 해원은 여자의 고개를 옆으로 돌려 주었다. 그러는 동안 사원 중 어느 누구도, 나까지 포함해서 아무도 해원과 그 여자에게 가지 않았다. 해원이 술래가 된 얼음땡 놀이를 하고 있는 것 같았다.

곧 관리자가 나와서 상황을 수습했다.

"괜찮아요. 별일 아니에요."

그러고는 답답하다는 듯 손을 내저으며 재촉했다.

"제가 처리할 테니까 일들 하세요. 밥 먹기 전에 하나라도 더 해야죠!"

나를 비롯한 모두는 땡을 받은 사람들처럼 일제히 하던 일로 돌아갔다. 일하던 사람이 쓰러지고 관리자가 구급 대원을 부르는 일은 대부분의 사원들에게 처음이 아니었기 때문이다. 자주 있는 일은 아니지만 아주 드문 일도 아니었다. 한여름이고 센터 안은 밤이 되어도 30도 이상의 고온인데 에어컨은 없으니까.

가뜩이나 후텁지근한데 선반들 사이로 들어가면 뜨거운 공기가 겹겹이 짓누르는 느낌이었다. 물품을 최대한 많이 보관하기 위해 메자닌 구조*로 배치된 선반들 사이로 공기가 순환되지 않기 때문이었다. 그렇다 보니 육체노동을 감당하기엔 몸이 튼튼하지 않은 사람들은 쓰러지곤 했다. 약한 몸으로 이런 일을 하러 와야 하는 이들이 딱하기는 한데, 아무튼 구급 대원들이 바로 와서 다행이라고 생각했다. 나도 얼른 내 일을 했다. 물품이 더 밀리면 벨트가 멈출 수도 있었다. 그건 큰일이었다.

"사원님. 이제 다 됐으니까 가세요. 얼른!"

관리자가 해원을 향해 소리쳤다. 해원은 쓰러진 사람이 실려 간 뒤에도 그 자리에 서 있었던 것이다. 뒤를 돌아보고 싶은 마음이 굴뚝같았지만 관리자가 내게 외친 말 때문에 그럴 수 없었다.

"아이, 정말! 뭐 하고 있어요? 거기 포장 밀리잖아!"

---

* 메자닌 구조: 건축물의 한 층을 다시 여러 층으로 나누는 방식. 물류 센터에서는 상품의 보관을 최대한 많이 하기 위해 선반의 각 층을 세 개의 층으로 나누고 물품을 빼곡하게 채워 놓는다. 이 경우 상품 보관량은 늘어나지만 공기의 순환이 막히게 되어 작업자의 안전을 위협할 수 있다.

4

해원은 식사 시간에 아무 말이 없었다. 멀건 고추장찌개와 딱딱한 멸치조림, 질기고 매운 제육볶음, 불어서 뻑뻑한 잡채가 반찬으로 나왔다. 음식 맛에 대해선 기대를 버린 지 오래였다. 배만 채우면 된다는 생각으로 반찬을 전부 밥에 섞어 퍼 먹었다. 해원은 영 입에 맞지 않는지 김치와 밥만 조금 먹더니 내가 다 먹은 걸 보고는 먼저 일어섰다.

"그것만 먹고 어떻게 일을 해. 조금 더 먹어."

내가 걱정하자 해원은 마지못한 얼굴로 밥 한 술을 국물에 적셔서 대충 삼켰다. 그러고는 주머니에서 담뱃갑을 꺼내며 말했다.

"난 이거면 될 것 같아."

흡연실은 다른 사원에게 물어서 찾아갔다. 흡연실과 휴게실 모두 4층에 있었다. 건물에서 가장 높은 층이었다. 혹여 내가 담배를 피운다고 해도 나는 흡연실을 이용하진 않았을 것이다. 지하 1층에 있는 식당에서 밥을 먹고 지상 4층에 있는 흡연실까지 담배를 피우러 가다니. 너무나 비효율적이었다. 같은 이유로 휴게실도 이용하지 않았다. 계단으로 왔다

갔다 하며 시간을 쓰느니 차라리 작업장 한쪽에 대충 앉아서 쉬는 편이 나았다. 휴게실에 간들 대단한 게 있는 것도 아니었다. 선풍기와 냉장고가 한 대씩 있고 바닥에 비닐 장판이 깔린 작은 방이었다. 냉동실에 아이스크림이 있지만 녹았다가 다시 언 것들이라 맛이 없다고 했다. 사실 그 아이스크림들이 언제부터 거기에 있었는지 아무도 모른다 했다.

사람들은 휴게실을 쓰지 않고 모두 자기가 일하던 자리에 걸터앉아 멍하니 있거나 졸았다. 일을 오래 한 사람들은 팰릿 옆이나 선반 사이의 딱딱한 바닥에 드러누워 쪽잠을 자기도 했다. 그마저도 오래 쉬지는 않았다. 업무 재개 시간 20분 전부터 자리로 돌아가 일을 시작했다. 그러지 않으면 마감을 맞추기 어려워지고, 신경이 날카로워진 관리자의 새된 목소리를 들어야 했기 때문이다. 내가 식사 시간을 온전히 다 사용해 본 건 그날이 처음이었다.

해원은 담배 두 개비를 연달아 천천히 태웠다. 해원은 앉았고 나는 서 있었다. 앉아서 쉴 만큼 마음이 편치 않아서였다. 마음 같아서는 당장이라도 내려가 일을 시작하고 싶었다. 흡연실에 온 사람들은 담배에 불을 붙이면서 걸어와 급하게 뻑뻑 피우고 꽁초를 던지듯이 버린 뒤에 자리를 떴다. 나도 그 사람들을 따라서 일터로 돌아가고 싶었다.

"5분만. 딱 5분만 더 있다 가자."

해원이 달래듯이 말했다. 나는 계단 쪽을 보고 있다가 다시 올라오는 연기 냄새에 해원을 봤다. 해원은 세 번째 담배에 불을 붙이고 있었다. 5분이 지나면 그리고 1층까지 걸어 내려가면 작업 시작 시간까지는 3분이 채 남지 않을 것이다. 그럼에도 내가 해원을 두고 혼자 내려가지 않은 까닭은, 해원이 걱정되어서였다.

"너 담배를 너무 많이 피우는 거 아냐?"

내가 물었다. 해원은 담배 끝에 아슬아슬하게 달린 재를 손가락으로 튕겨 내며 말했다.

"집에 가면 진짜로 일기 다 읽어라."

나는 대답하지 않았다. 그냥 내 앞으로 굴러온 해원의 담뱃재를 발로 슥 문지르기만 했다. 우레탄으로 덮은 바닥 위에 회색 자국이 남았다.

"내가 생각을 해 봤는데, 여기에는 세 가지가 없어."

해원이 말했다.

나는 슬쩍 시계를 보았다. 해원이 말한 5분에서 이제 1분도 채 남지 않았다.

"뭐가 없는데?"

내가 물었다.

해원은 입에 머금고 있던 연기를 후우 뱉고 나서 말했다.

"물. 화장실. 사람."

5

해원이 없다고 한 것들을 계속 생각했다. 해원은 내가 잠시 생각에 잠긴 사이 훌쩍 1층으로 내려가 버렸다. 얼른 따라갔지만 곧바로 작업이 재개되었다. 식사 전에 밀린 물량과 일을 늦게 시작한 탓에 더 쌓인 물량을 소화하느라 바빴다. 그런데도 물, 화장실, 사람, 세 단어가 순서를 바꿔 가며 머릿속을 비집고 들어왔다. 내가 생각을 털어 버리려 머리를 자꾸 흔들자 옆에 있던 아저씨가 먼지 날린다고 짜증을 냈다.

아무리 생각해도 이상했다. 뻔히 있는 것들을 왜 없다고 하는 거지. 어찌 보면 대단한 이야기도 아닌데 자꾸 떠오르는 게 이상했다. 퇴근길에 물어볼 참이었는데, 나보다 먼저 버스에 탄 해원은 벌써 자고 있었다. 그 옆에는 다른 사람이 앉아 있었다. 버스에서 내렸을 때 해원은 어디로 갔는지 보이지 않았다.

어려운 숙제를 받은 기분으로 집에 걸어가는 내내 생각

했다. 왜, 왜 없다는 거야? 물은 정수기에서 마시면 되고, 화장실도 층마다 있고, 사람은 셀 수도 없이 많은데. 해원은 왜 버젓이 있는 것들을 없다고 했을까. 출근 버스에서는 꼭 물어봐야겠다고 생각했다. 까먹지 말고 꼭.

하지만 나는 해원에게 묻지 않았다. 해원의 일기를 통해 답을 들은 것 같았기 때문이다. 집에 들어갔더니 두두가 책상 위에 올라가 있었다. 두두를 조심스레 들어 보니 일기장이 펼쳐져 있었다.

일기를 찬찬히 읽었다. 해원은 그날의 일기에 이렇게 적고 있었다.

연이가 죽은 지 3주째.

그 아이가 없다는 게 이상하리만치 자연스럽다. 센터에서는 아무도 연이 이야기를 하지 않는다. 연이가 왜 그렇게 됐는지 이야기해 보고 싶은데 그럴 수가 없다. 연이는 마치 처음부터 없었던 것 같다. 연이는 없어진 걸까. 아니면 원래부터 없었던 걸까. 연이가 앉았던 자리에 앉은 신입 직원의 이름을 나는 모른다. 생각해 보면 여기에는 없는 게 참 많다. 여기엔 의무만 있다. 무엇을 하든 허락을 구해야 하는 의무. 권리는 없고 의무만 있다. 그렇기 때문에, 그런 이유로, 연이 이곳에 없다고, 없어지게 되었다고, 자꾸 그런 생각이 든다. 있어야 하는데 없는 게 참 많다.

일기장을 덮고 누웠지만 잠들지 못했다. 해원이 없다고 말한 것들과 일기에 나왔던 권리라는 단어가 자꾸 겹쳤다. 그리고 그 말들 사이에 연의 이름까지 섞여 머리를 어지럽혔다. 결국 출근 시간까지 선잠을 조금 잔 것 말고는 깨어 있었다.

피로에서 오는 예민함 탓이었을까. 버스를 타러 가는 동안 괜스레 해원을 원망하는 마음이 일었다. 불편한 기분이 마음에 번졌다. 해원이 내게 중요하지만 도움이 되지 않는 뭔가를 보여 준 것 같아서였다. 지금껏 이상하다고 생각하지 않았지만 사실은 많이 이상한 어떤 것을 해원이 깨닫게 한 것이었다. 나는 그게 반갑지도 고맙지도 않았다. 내게는 고민을 위한 생각보다는 기계처럼 움직이는 몸이 중요했다. 고장 나지 않는 몸이 필요했다. 돈을 벌어야 하는 내게 세상의 어긋난 부분을 똑바로 보라는 식의 말은, 솔직히 도움이 되지 않았다. 해원이 그런 의도로 한 말이 아니었을 수도 있지만 나는 해원의 말과 일기를 그렇게 해석했다. 그래서 마음이 무거웠다.

오늘은 해원이 없다고 생각해야지. 버스 옆자리에 해원이 아닌 다른 사람이 먼저 앉아서 다행이라고 생각했다. 버스에 오른 해원이 내 쪽을 한 번 봤지만 나는 못 본 체하고 모자챙으로 얼굴을 가렸다.

일하는 동안 해원도 딱히 내게 아는 척하지 않았다. 그래서 해원과 마주치지 않으려던 내 다짐은 그럭저럭 지켜졌다. 해원은 또 집품을 하러 갔고 나는 진열을 하게 되었다. 그즈음 나는 관리자에 의해 그날그날 업무량이 가장 많고 일이 힘들 만한 곳에 배정되고 있었다. 넓은 센터 안에서 각자 진열과 집품을 하다 보면 해원과는 내내 얼굴 한 번 마주치지 않아도 되었다.

그렇지만 머릿속에 해원이 떠오르는 건 어쩔 수가 없었다. 굳이 해원을 생각하지 않으려는 것 자체가 그 아이를 생각하는 것과 다르지 않았다. 해원의 말과 일기가 일에 집중하려는 나를 자꾸 끌어당겼다. 해원의 손이 내 목덜미를 붙잡고 뒤를 돌아보라고 당기는 듯했다. 그 알 수 없는 힘에 이끌려 고개를 돌리면 더는 예전과 같은 마음으로 일할 수 없을 것 같았다.

문제는 의심이었다.

의심이 자꾸 생겼다. 그러지 않으려고 머리를 흔들어 보고 손바닥으로 얼굴을 두드려도 봤다. 그러나 한번 시작된 어떤 생각은 사라지기는커녕 자꾸 몸집을 키웠다. 내 머릿속에 이런 말들이 떠다녔다. 화장실에 갈 때 왜 관리자의 허락을 받아야 하지? 다들 더위에 고생하는데 왜 시원한 물이 제공되지 않지? 세상에는 왜 새벽같이 물건을 받아 보려는 사람들이 많은 거지? 이제껏 품어 보지 않은 질문이었다. 그 질문들은 나를 당황하게 했다. 어려운 질문이어서가 아니었다. 왜 내가 단 한 번도 그런 질문을 하지 않았는지, 그 점이 당혹스러웠다. 그리고 그 질문들은 내게 더 큰 덩어리의 질문을 던졌다.

'나는 지금 좋은 일을 하고 있나?'

좋은 일이 뭔데. 내게 좋고 나쁨을 따질 여유 따위가 있나. 나를 써 주고 돈을 주면 좋은 곳이지. 좋은 곳에서 일하면 좋은 일인 거지. 법을 어기거나 남에게 피해 주는 일도 아닌걸⋯⋯. 질문에 대한 답은 끝도 없이 이어 갈 수 있었다. 그러나 몸의 어디에서 울리는지 알 수 없는 목소리가 또다시 생각을 잘랐다.

'그게 아니라.'

속이 울렁거렸다. 생각을 그만하고 싶었다. 질문이 두려웠다. 눈으로는 단말기의 글자들을 더 빨리 읽고 손으로는 물품을 부지런히 담았지만 질문을 피할 수 없었다.

'이게 나를 위해 좋은 일일까?'

순간 나도 모르게 뒤를 돌아보았다. 등 뒤에는 물품을 가득 품은 거대한 선반들이 숨통을 조일 듯이 늘어서 있었다. 물줄기가 모였다가 흩어지는 청량한 이미지는 내게 남아 있지 않았다. 서로 다른 방향에서 다가오는 거대하고 억센 두 개의 손이 진열과 집품을 하는 우리를, 사원들을, 짓눌러 터뜨리는 모습만 떠올랐다. 나는 그제야 비로소 사람들이 왜 그렇게 쓰러졌었는지 깨달았다. 물류 센터는 사람이 아니라 물건을 위해 지은 건물이었다. 쓰러진 사람은 다름 아닌 내가 될 수도 있었다. 나는 해원을 찾아가서 내가 알게 된 것을 말하고 싶었다.

여기에 없는 또 한 가지.

그것은 숨이었다.

6

해원은 나와 멀지 않은 곳에 있었다.

쓰러진 채로.

지독한 열대야였다. 해원은 식은땀을 흘리고 있었고 입술이 보라색이었다. 관리자가 종종 이야기한 온열 사고라는 말이 떠올랐다. 그걸 조심해야 한다고 했다. 대수롭지 않게 여겼던 그 말이 또 질문을 만들었다. 어떻게 조심해야 하는데. 우리에게 물이 있나, 얼음이 있나, 편히 쉴 시간이 있나.

하지만 긴 생각을 하는 건 사치였다. 해원을 구해야 했다. 하지만 주위에 사람이 한 명도 보이지 않았다.

"저기요. 누구 없어요?"

소리쳐 봐도 조용하기만 했다. 그리고 그 순간, 해원을 살피려고 앉아 있던 내 눈높이 위치의 선반들에서 이상한 일이 일어났다. 파바바박. 동시다발적으로 콘센트에서 불이 튄 것이다. 그리고 곧 화재경보기가 울렸다. 다른 곳에서는 이미 불길이 솟고 있었다. 해원을 업으려 하는 동안 매캐한 연기가 몰려왔다. 급한 대로 조끼를 벗어서 코와 입을 가리고 밖으로 나가려 했다. 선반 사이를 벗어나기만 하면 될 줄 알았는데, 막상 그렇게 하려고 보니 좌우가 분간이 되지 않았다. 연기 너머에는 뚫고 나갈 수 없는 불길이 우리를 에워싸고 있었다. 어떡하지? 어쩌면 좋지?

"수안아. 저기······."

해원이 나를 부르며 어딘가를 가리켰다. 기적이었을까? 해원의 떨리는 손가락이 가리킨 쪽에 사람 몸통 하나만 한 폭으로 연기와 불길이 갈라져 있었다. 뒤도 돌아보지 않고 그 방향으로 달렸다. 해원의 팔이 다시 힘을 잃고 늘어졌다. 정신을 빼앗길 것 같은 독한 연기와 온몸이 구워질 것 같은 열기가 몸을 덮쳤다. 기적은 무슨……. 생각이 들었을 때 해원과 나는 그곳에서 가까스로 탈출했다.

해원을 내려놓고 바닥에 드러누워 숨을 몰아쉬었다.

살아 있나? 우리 살아 있는 거 맞나?

곧 얼굴에 반가운 것이 닿았다. 비였다. 빗줄기가 시원하게 내려 몸에 남은 불의 기운을 씻어 주었다. 물류 센터를 통째로 집어삼킬 것 같던 엄청난 불의 기세가 조금 사그라들었다.

옆을 보니 해원이 눈을 감은 채 비를 맞고 있었다.

그리고 귓가에 반가운 목소리가 들렸다.

"늦어서 미안해."

6장 빗물과 눈물

1

"너 정말……?"

해원은 정확히 연이 서 있는 곳에 눈을 맞추었다. 이제 해원도 연을 볼 수 있는 것이었다. 해원은 "정말……."이라는 말만 반복했다. 그러다 끝내 말을 맺지 못한 채 눈물을 흘렸다. 연이 해원을 말없이 꼭 안았다. 두 사람이 그렇게 있던 짧지 않은 시간 동안 나는 얼굴에 흐르는 빗물을 훔치며 물류 센터를 태우고 있는 불을 보았다. 불은 꺼질 듯 꺼지지 않고 계속 타올랐다.

"어째서 네가 보이는 거지?"

해원이 연에게 물었다.

"그건……."

연이 곤란한 표정으로 머뭇거렸다. 해원과 나는 연의 말을 기다렸다. 연은 잠시 뒤에 결심한 듯한 표정으로 말했다.

"너희가 삶과 죽음의 경계에 다녀왔기 때문이야."

연의 표정이 어두웠다. 나는 해원을 업고 불길을 통과할 때 느꼈던 엄청난 슬픔의 기운과 고막을 찢을 것 같던 비명을 기억해 냈다. 찰나였지만 분명하게 느꼈다. 해원도 나와 비슷한 생각을 하는지 얼굴에 그늘이 드리워 있었다. 연은 손바닥을 내밀고 하늘을 봤다. 비가 얼마나 내리는지 가늠하는 것 같았다. 표정은 여전히 좋지 않았다. 잠시 그렇게 있다가 연은 손을 거두고 불을 쳐다봤다. 연의 얼굴에 불그스름한 빛이 스몄다. 멀리서 소방차 사이렌 소리가 들려왔다.

연과 해원과 나는 나의 방으로 갔다. 우리가 방에 들어가자 문 앞에 앉아 있던 두두가 펄쩍 뛰어서 품으로 들어왔다. 우리가 어떤 일을 겪었는지 알고 그러는 것 같았다. 나는 두두를 꼭 안고 털을 쓰다듬었다. 두두는 따뜻하고 부드러웠다. 내가 살아 있다는 것 그리고 죽을 수도 있었다는 것이 새삼스레 실감 났다.

우리는 휴대폰을 가운데에 두고 둘러앉아서 뉴스를 확인했다. 오늘 새벽 경기도 최대 규모의 물류 센터에서 화재가 발생했다는 말로 시작하는 뉴스가 앞다투어 올라왔다. 먼저 올라온 뉴스에 따르면 일하던 직원 248명은 모두 무사히 대피했다고 했다. 정말 다행이었다. 해원과 나는 다른 말은 하지 않고 안도의 한숨을 내쉬었다. 연은 별다른 반응이 없었다. 두두도 조용했다. 두두가 우리보다 더 유심히 뉴스를 보는 것 같았다.

"다른 뉴스도 보자."

연이 말했다.

나는 다른 제목을 눌렀다. 화재의 원인에 관한 것이었다. 뉴스에서는 불이 난 원인을 '전기적 요인'이라는 간단한 말로 설명했다. 콘센트에서 불이 튀는 순간이 찍힌 CCTV 화면이 같이 나왔다. 내가 본 것과 비슷했다. 우리는 비슷한 내용의 추천 기사를 눌러 봤다. 스프링클러와 비상 방송, 경보 장치 미작동에 대한 의심이 주된 내용이었다. 그리고 비슷한 일이 다른 지역 물류 센터에서도 일어났었다고 했다.

나는 내가 지금까지 믿고 일한 회사가 어떤 곳인지 알게 되었다. 혼란스러웠다. 처음에 크고 깨끗하고 아름답다고 느꼈던 물류 센터와 불에 그을린 지금의 물류 센터가 같은 건물이라는 게 믿기지 않았다. 코끝에 매캐하고 뜨거운 기운이 느껴지는 것 같았다.

"이런 데서 일을 시키면서 매번 휴대폰을 악착같이 걷어 간 거야?"

해원이 어이없다는 듯이 말했다. 휴대폰을 걷어 가던 관리자의 얼굴이 떠올랐다. 보안 유지를 위해서라고 했다. 따지고 보니 정말 이상한 것투성이인 회사였다.

"새로 고침 해 봐."

연이 조금 잠긴 목소리로 말했다. 초기 화면 창으로 돌아와 새로 뜬 뉴스를 보았다. 뉴스 제목을 읽은 우리는 몇 초 동안 가만히 있었다. 손가락 하나만 움직이면 되는데 아무도 그러지 못했다.

사망자 소식이었다.

초기 진화로 큰불이 잡힌 지 두 시간 만에 지하에서 다시 불길이 솟았고, 그 불에 한 사람이 목숨을 잃었다는 것이다. 우리는 그 기사를 천천히 읽었다. 목이 타는 기분이었지만 물을 마시려고 몸을 일으키는 것마저 죄처럼 느껴졌다. 그 불이 얼마나 뜨거웠는지는 해원과 내가 알았고, 죽음이 어떤 것인지는 연과 두두가 알았다. 우리는 자세를 고쳐 앉았다. 서로 손을 잡고 눈을 감았다. 두두가 컹, 짖을 때까지 그렇게 있었다.

어느샌가 연은 창 너머의 빗줄기만 물끄러미 바라보았다. 누구를 원망하는 듯한 눈빛이었다. 해원은 두두와 눈맞춤을 하고 있었다. 나는 휴대폰으로 회사 홈페이지에 접속했다. 짤막한 사과문이 떴지만 그 창을 닫자 모든 것이 그대로였다. 밝은 표정의 모델이 회사 유니폼을 입고 일하는 사진이 크게 떴다. 구인 구직 사이트에도 들어가 봤다. 회사는 여전히 일할 사람을 구하고 있었다. 불이 난 우리 센터를 제외한 모든 센터에서 건조하고 깔끔한 문장으로 사원을 모집하는 중이었다.

뉴스 창으로 돌아가 보니 세상은 어느 연예인 커플의 결혼 소식에 관심을 돌리고 있었다. 외국에서 뛰고 있는 운동선수의 활약도 큰 관심을 받는 중이었다. 한 시간도 채 지나지 않았는데, 더위에 사람이 쓰러지고 불이 나서 사람이 죽는 밤이 있었다는 이야기에는 관심이 시들해지고 있었다. 세상은 매끈하고 깨끗하고 환했다. 무섭다는 생각이 들었다. 지난밤의 폭염과 불길보다, 그게 더 무서웠다.

2

한참을 말없이 있던 연이 처음으로 한 말은 이것이었다.

"선생님을 만나러 가야 해."

윤미주 선생님은 고등학교 2학년부터 3학년까지 나와 연의 담임 선생님이었다. 연에게는 애정이 각별했고 나에게는 걱정이 유별했던 선생님이었다. 모범생이었던 연에게 쏟는 만큼의 관심을 내게도 똑같이 주었던 것이다. 학교와 교사라면 대체로 시큰둥했던 나에게도 윤미주 선생님, 아니 미주 쌤은, 내가 처음으로 만나 본 좋은 선생님이었다.

그 선생님이, 연의 꿈에 자꾸만 창백한 얼굴을 하고 나타난다고 했다. 화가 난 것 같기도 하고 우는 것 같기도 한 얼굴로. 연은 낯설다고 했지만 나는 그 얼굴을 알았다. 선생님은 연이 죽은 뒤에 줄곧 그런 얼굴로 지냈다.

연의 장례를 치른 계절은 여름이었는데도 빈소는 서늘했다. 지하여서 그런 건지, 죽음이 머무는 곳이어서 그런 건지, 사람도 화환도 없어서 그런 건지, 따뜻한 기운이 느껴지지 않았다. 나는 난생처음 까만 양복에 흰 와이셔츠를 입고 아주 드물게 찾아오는 조문객을 맞았다. 마음 같아선 빈소 안을 지키고 싶었지만 내가 상주 역할을 할 수는 없었기 때문에 책상 앞에 앉아 조의금을 받고 방명록 페이지를 넘기는 일을 했다.

정장과 책상이라니. 이 어울리지 않는 행색을 연이 보면 뭐라고 할지……. 쓸쓸하고 슬펐지만 왠지 웃음이 나오려고 해서 억지로 참아야 했다. 연이 나를 놀릴 때 한 말들이, 당시에는 별로 웃기다고 생각하지 않은 말들이 떠올랐다. 제때에 웃지 못한 게 아까워서인지 아쉬워서인지 자꾸 웃음이 터지려 했고, 그런 충동은 시간이 갈수록 심해졌다. 다른 사람에게 자리를 맡겨 놓고 한바탕 웃고 오고 싶을 지경이었다.

참지 않아도 돼.

언젠가 윤미주 선생님이 연과 나에게 했던 말이었다. 터지는 웃음을 누르느라 허벅지를 백 번 정도 꼬집었을 때 떠올랐다. 선생님이 말하기를, 연은 웃음을 참는 애, 나는 울음을 참는 애라고 했다. 나는 선생님이 틀렸다고 말하고 싶었다. 나도 이렇게 웃음을 참고 있다고. 웃음이 어울리지 않는 곳에서, 꾹꾹 참고 있다고. 그렇게 말하고 선생님을 보며 조금이라도 웃고 싶었다. 선생님 앞이라면 그래도 될 것 같았다. 아무도 이상하게 보지 않을 것 같았다. 아무한테도 혼나지 않을 것 같았다.

그러나 선생님은 발인이 끝날 때까지 장례식장에 오지 않았다. 학생 몇 명을 제외하고 빈소를 찾은 학교 사람은 교장 선생님과 교감 선생님뿐이었다. 두 사람은 조문객이 가장 적게 온다는 이른 아침에 다녀갔다. 보육원 사람들은 우리가 바쁠까 봐, 연이 외로울까 봐, 부러 한산한 시간에 와 준 거라 했지만 나는 그렇게 생각하지 않았다. 두 사람은 장례식장에 급히 들어왔다가 쫓기듯이 떠났다. 빈소 멀찌감치에서 누가 오는지 관찰하듯 앉아 있던 기자들에게 붙들리자 교장은 서둘러 밖으로 나가고 교감이 언성을 높여 몇 마디 했다. 나는 그 모습을 다 봤다.

또 웃음이 터지려고 했다. 정말로 간절하게 윤미주 선생님을 보고 싶었다. 하지만 그런 일은 일어나지 않았다.

아이들이 줄을 서서 연의 책상 앞에 국화를 놓을 때 선생님은 창밖을 보며 울고 있었다. 선생님은 연의 자리를 차마 바라보지도 못하고 눈물만 훔쳤다. 선생님 손에 들린 국화가 가늘게 떨렸다. 담담하길 바랐던 내 마음도 흔들렸다. 연이 학교에서의 기억을 차분히 정리하도록 조용히 보내고 싶었던 내 마음이 잠시 요동쳤다.

선생님에게 매달려 묻고 싶었다. 왜 우리가 이런 슬픔을 겪게 되었느냐고. 이제 나는 어떻게 해야 되는 거냐고. 연은 이제 어떻게 되는 거냐고. 선생님이 해 줄 수 있는 말이 없다는 것은 물론 알고 있었다.

연의 죽음은 생각보다 빠르게 옛일이 되어 갔다. 모든 것이 금세 예전과 같아지는 사이에, 다른 선생님들과 학생들이 그렇게 되어 가는 동안에, 선생님은 학교에 출근하지 않았다. 우리에게 인사도 제대로 남기지 않은 채였다. 병가를 냈다는 소식만 들렸다.

마지막으로 출근하던 날, 선생님은 방과 후에 나를 교실에 남겼다. 모두 돌아가고 없는 빈 교실에서 선생님은 자신이 즐겨 마신다는 생소한 이름의 차 한 잔을 내주었다.

"천천히 마시렴. 뜨거워."

선생님을 따라 차를 마셨다. 꽃향기가 나는 주황빛 차였다. 우리는 15분 정도 차를 함께 마셨다. 연에 관한 이야기는 하지 않았다.

"잘 가."

선생님의 말에 교실을 나왔다. 노을이 지는 창밖을 내다보던 모습이 내 기억 속 선생님의 마지막이었다.

3

"나 선생님 만난 적 있어."

해원이 말했다.

"언제? 어디서?"

연이 물었다. 목소리에 다급함이 섞여 있었다.

"회사 앞으로 찾아오셨어. 두세 달 전에."

해원이 대답했다.

퇴근 시간 뒤에 잔업을 두 시간 더 하고 나오는 해원의 앞을 선생님이 가로막았다고 했다. 해원은 깜짝 놀랐다. 선생님이 말도 없이, 문자 그대로 불쑥 나타났기 때문이다. 해원은 하마터면 소리를 지를 뻔했다. 선생님을 금세 알아보지 못한 해원에게는 낯선 사람이 다짜고짜 길을 막아선 상황이었으니까.

"안녕? 해원아. 선생님 기억하니?"

해원이 선생님을 알아보기까지는 약간의 시간이 필요했다. 예의가 아닌 줄 알면서도 선생님을 위아래로 훑어보게 되었다. 이러면 안 되는데. 생각은 그렇게 하면서도 앞에 있는 사람이, 익숙한 목소리의 주인이 윤미주 선생님이라는 걸 믿기 위해서는 찬찬히 살펴볼 수밖에 없었다.

해원은 선생님의 어디가 어떻게 달라졌는지 고민했다. 뒤에서 보면 귀밑을 찰랑이던 단발의 머리카락이 어깨까지 훌쩍 자랐는데, 염색을 한 부분과 새로 자란 부분의 색깔이 달랐다. 도무지 멋을 낸 스타일로 보기는 어려웠다. 바뀐 것은 비단 머리카락 길이만이 아니었다. 선생님의 눈빛과 낯빛이, 걸음걸이가, 서 있는 자세가 그리고 그런 것들이 모여서 드러나는 어떤 기운이, 전에 알던 선생님과 전혀 달랐다. 선생님에 대해 해원이 가지고 있던 인상, 이를테면 씩씩함이나 단정함 같은 것이 보이지 않았다.

"좀 편찮으신 것 같았어."

몸도 그렇지만 마음이 정말 아파 보였다고.

선생님은 해원에게 잘 지내는지 물었고 해원은 그럭저럭 지낸다고 대답했다. 선생님은 잘 지내셨나요, 그렇게 묻기엔 선생님이 너무나도 잘 지내지 못하고 있는 게 보여서 묻지 못했다. 선생님이 해원에게 시간을 내달라고 했다. 해원은 그러겠다고 했다. 선생님은 해원을 데리고 두 블록쯤을 걸어 카페로 들어갔다. 선생님은 테이크아웃으로 주문했다. 해원은 바닐라 라테, 선생님은 아메리카노였다. 샷을 네 번 추가한 아메리카노였다.

"네 번이요?"

점원이 조금 놀란 투로 물었다. 선생님은 옅게 웃으며 고개를 끄덕였다. 해원은 선생님 뒤에 서서 휴대폰으로 '커피 샷 추가'라고 검색했다. 선생님이 어마어마한 양의 카페인이 들어가고 어마어마하게 쓴 커피를 마신다는 걸 알게 됐다. 카페인 과다, 불안증, 수면 장애 같은 단어가 해원의 눈에 들어왔다. 해원은 진심으로 선생님이 걱정되는 한편, 조금 무서워졌다. 선생님을 따라가도 될까? 그런 생각을 하면서도 해원은 선생님과 함께 공원으로 갔다. 선생님만 두고 갈 수는 없는 일이었다.

선생님이 해원보다 반걸음쯤 앞서 걸었다. 선생님은 보는 사람이 불편할 정도로 자꾸 주위를 살피며 걸었는데, 주변에 사람이 드문 곳으로 갈수록 더 자주 두리번거렸다. 몸을 조금 앞으로 숙인 자세로, 두 손으로는 커피를 꼭 쥐고, 빠르게 걸으며 좌우를 살피는 선생님의 모습이 해원은 이제 정말 무서웠다. 어떻게 해야 좋을지 알 수 없는 심정이었다. 지금이라도 도망쳐야 하나? 하지만 선생님에게 무슨 일이라도 생기면 어떡해? 해원이 잠시 망설이는 사이, 선생님이 제자리에 주저앉아 울었다.

"너한테 오는 게 아니었어. 내가 너를 찾아오면 안 됐어."

해원은 선생님의 왼손에 아슬아슬하게 들린 뜨거운 컵을 바닥에 내려놓고 곁에 앉아 등을 토닥였다. 선생님이 마치 병든 동물처럼 보였다. 다행히 선생님은 곧 안정을 되찾았고, 해원에게 일으켜 달라 부탁해 벤치에 앉았다.

두 사람은 30분쯤 이야기를 나누었다. 대부분 선생님이 말을 하고 해원이 반응하는 식의 대화였다. 이야기를 마친 뒤 선생님은 빈 종이컵을 두 손으로 쥐고 해원과 반대 방향으로 걸어갔다. 그 뒤로도 해원은 선생님을 종종 생각했지만 두 사람이 다시 만난 일은 없었다.

4

선생님이 연의 꿈에 나타난 건 연이 내 방에 촛불을 켜 놓고 돌아간 다음부터였다. 해원이 콜센터를 그만둔 때가 그 즈음이었다. 선생님은 매일같이 연의 꿈에 나와서 울고 갔다. 꿈속의 선생님은 해원이 설명한 모습과 크게 다르지 않았고 말없이 울기만 했다. 꿈에서 깨면 연은 선생님을 골똘히 생각했다. 선생님이 어떤 사람이었는지. 무엇을 가르쳐 준 사람이었는지. 연을 어떻게 바꿔 놓고 얼마나 자라게 했는지.

선생님은 연에게 원하는 걸 가진 이후의 시간을 상상하게 해 준 사람이었다. 좋은 성적, 빠른 취업, 안전한 독립. 연이 고등학교에 입학하면서 정한 분명한 목표를 응원하는 한편으로 연의 삶이 거기에서 멈추면 안 된다고 알려 주었다. 일을 하고 돈을 벌고 먹고사는 문제가 해결되면, 그다음에는 어떤 사람이 되고 싶은지 연에게 물었다. 연은 선생님의 질문이 사치스럽다고 생각했다. 당장 오늘내일이 불안한 연에게 안정적인 삶 너머를 상상하는 건 피곤한 일이었다.

그러나 선생님은 연에게 자주 물었다.

"선생님이 보기에 네가 정한 목표는 몇 년 안에 이루어져. 너는 충분히 그럴 수 있는 사람이니까. 그러니 고민해야지. 필요한 것이 갖춰지면 어떤 사람이 돼서 어떤 삶을 살지를 생각해야지."

그리고 어느 날, 연은 머릿속에 문장 하나를 떠올렸다.

부끄럽지 않게 살고 싶어.

연이 어릴 적부터 자주 생각하던 말, 나에게도 익숙한 말이었다. 하지만 그 순간 연이 떠올린 '부끄러움'은 늘 생각하던 것과 조금 달랐다. 돈이 있어야 해결되는, 남들 보기에 번듯해짐으로써 사라지는 부끄러움이 아니라, 연이 좋아하던 어느 시인이 말한 부끄러움이었다. 선생님이 연에게 행동으로 보여 준 삶의 모습이 그런 것이었기 때문이다. 연은 선생님을 닮고 싶었다. 그렇게 살 수 있다면 정말 어느 누구에게도 부끄럽지 않을 자신이 있었다.

그러므로 이상했다. 언제나 곧고 당당하던 선생님이 꿈

속에서는 세상의 모든 부끄러움을, 모든 수치심을 끌어안은 사람처럼 울었으니까. 연은 선생님을 꼭 만나야 한다고 생각했다.

선생님을 만나러 가는 길, 나는 연의 죽음에 관해 중요하고도 놀라운 사실 두 가지를 알게 되었다. 하나는 연이 죽기 전에 마지막으로 연락을 한 사람이 윤미주 선생님이었다는 것, 또 하나는 연이 스스로 죽음을 택했다는 것이었다.

연은 그 두 가지 사실에 인과 관계는 없다고 못 박아 말했다. 그러니까 자신이 죽기로 한 것은 선생님과는 아무 관련이 없다는 거였다.

"나 때문에 괜히 선생님이 시달리신 것 같아."

연은 선생님을 걱정했다. 해원은 담담하게 연의 말을 들었다. 해원 역시 새롭게 알게 된 사실이라고 했지만 놀라는 기색은 없었다. 작고 느리게 끄덕이는 고개와 천천히 깜빡이는 눈꺼풀. 해원은 연이 죽은 이유를 어느 정도 짐작하고 있었던 것 같았다. 그럴 수 있다고 생각했다. 연의 마지막에 관해서만큼은 해원이 나보다 훨씬 많은 걸 알고 있을 테니까. 내가 알 수 없던 연의 몇 개월을 가까이에서 본 사람이니까.

하지만 나는 달랐다. 나는 정말 놀랐다. 연이 스스로 목숨을 끊었다니. 그렇게 죽었다니. 도대체 연에게 무슨 일이 있었던 걸까? 묻고 싶었지만 돌아올 대답이 무서워서 용기가 나지 않았다. 나사가 덜 조여진 깡통 로봇처럼 삐걱거리며 걸을 뿐이었다. 연과 해원과 두두의 걸음에 뒤처지지 않게 간신히 발을 맞추는 것만이 내가 할 수 있는 전부였다.

5

선생님은 학교가 내려다보이는 높은 지대의 작은 집에 살고 있었다. 우리가 다닌 학교는 눈이라도 오면 바닥에 붙어서 기듯이 걸어야 할 정도로 가파른 오르막길 위에 있었으므로, 선생님이 사는 동네는 아예 산 중턱에 가까운 높이에 있었다. 나는 힘들어하는 두두를 안고 걸었다. 해원은 물류 센터에서와는 달리 힘겹게 한 걸음씩 내디뎠고 연은 맨 앞에 서서 지친 기색 없이 계단을 올랐다.

연의 뒤에서 걷다 보니 연의 발을 계속 보게 됐다. 지금까지 한 번도 연의 발을 유심히 본 적 없었다는 걸 그때 알았다. 연은 귀신이니까 발이 없고……, 그렇지는 않았다. 연은 흰색 천에 빨간색 로고가 새겨진 낡은 운동화를 신고 있었다. 복사

뼈를 살짝 덮는 길이의 양말에는 갈색 곰 그림이 그려져 있었다. 연이 한 발 한 발 걸을 때마다 신발에서 물이 왈칵왈칵 쏟아져 나왔다. 신발이 다 젖을 만큼 비가 내리지 않는데도 그랬다. 그걸 보는 내 마음이 축축하게 가라앉았다. 비에 젖은 채로 죽어 간 연의 신발에는 언제나 물이 고여 있는 걸까? 그게 불편하진 않을까? 빗물에 신발 끝만 젖어도 신경이 쓰이는데.

생각에 잠겨 걷다 보니 어느새 계단이 끝났다. 안고 있던 두두를 내려놓았다. 해원은 계단 대여섯 칸 정도 뒤처져서 따라왔다. 해원까지 계단을 다 오르자 연이 신발을 벗었다. 그리고 신발을 뒤집어 물을 쏟았다. 차악, 소리가 났다. 양쪽을 다 그렇게 하고 신발을 꿰어 신는 연을 해원과 나는 물끄러미 바라보았다.

"이러면 좀 나아."

연이 아무렇지 않은 듯 말했다.

"방법이 아예 없는 건 아니었구나."

해원이 말했다. 연의 발에 신경이 쓰이기는 해원도 마찬가지였던 것이다. 연은 자기 발을 내려다보며 고개를 끄덕였다. 그러다 갑자기 손가락으로 내 이마를 톡 치고 돌아섰다.

"너무 불쌍하게 보진 마."

그 말은 내 쪽이 아니라 30미터 정도 앞에 있는 골목을 보면서 했다.

"스스로를 너무 괴롭히면서 지내시는 것 같아."

연이 말했다. 선생님이 살고 있는 집은 연이 죽고 나서 석 달 뒤에 이사한 곳이라 했다. 그 이사와 연의 죽음을 떼어 놓고 생각하긴 어려웠다. 선생님 집의 초인종을 눌렀다. 두두를 안고 있던 해원이 내 옆으로 한 발 다가섰다. 우리는 가까이 모여서 초인종을 뚫어져라 봤다.

쏴아―.

갑자기 등 뒤로 세찬 빗줄기가 한 번 지나갔고.

끼익.

문 열리는 소리가 들렸다.

선생님이 문 안쪽에 서 있었다. 연과 해원의 이야기를 들으며 상상했던 것보다 훨씬 수척한 모습이었다. 알아보는 데 시간이 필요했다는 해원의 말이 백번 이해될 정도로 다른 사람처럼 보였다. 푸석한 머리카락과 푹 꺼진 눈 밑, 불거진 광대뼈와 갈라진 입술 때문에 갑작스레 열 살은 더 나이 든 것처럼 보였다. 선생님은 우리를 보고 잠시 놀란 표정을 짓다가 두 손으로 입을 막고 주저앉았다. 연이 따라서 앉자 선생님의 시선이 위에서 아래로 내려왔다.

"제가 보이시는 거죠?"

연이 조심스럽게 말했다. 더 커질 수 없을 것처럼 보이던 선생님의 눈동자가 조금 더 열렸다. 여전히 손으로 입을 가린 채 선생님은 고개를 끄덕였다. 그리고 손을 내밀어 연의 얼굴을 만졌다. 연의 뺨에 손이 닿는 순간 선생님의 눈에서 눈물이 주르륵 흘렀다. 짙은 구름이 우리의 머리 위를 덮어 세상이 조금 더 어두워졌다.

꽝.

천둥소리가 들렸다. 지대가 높은 곳에서 들어서인지 유난히 크게 들렸다. 두두가 앓는 소리를 냈고 해원이 두두를 꼭 안았다. 우산 꼭지 부분에 구멍이 났는지 비가 새어 들어 손잡이를 쥔 손을 적셨다. 연이 우산을 만들어 선생님이 젖지 않게 했다. 선생님은 그 안에서 하염없이 울었다. 내리는 비보다 더 많이 더 크게 울었다.

7장 호우 경보

1

선생님은 아주 오래된 집에 살았다. 본래 빛깔을 가늠하기 힘든 벽지에는 얼룩이 많았고 콘센트 주변으로는 탄 자국이 있었다. 젊은 사람이 사는 집처럼 보이지 않았다. 그러나 오래되었을 뿐 망가진 집은 아니었다. 집 안에 있는 물건들은 가지런히 정돈되어 있었고 먼지도 쌓여 있지 않았다. 집주인이 최선을 다해 보살피는 집이었다. 학교에서 선생님이 우리를 대하던 모습이 저절로 떠올랐다.

그럼에도 집 안에는 활기 대신 적막이, 성장 대신 소멸의 기운이 감돌았다. 나는 그 집에서 살아 있는 사람의 기척보다 죽음을 앞둔 사람의 저무는 시간을 느꼈다.

귀신이 된 사람 한 명과 귀신을 볼 수 있는 사람 세 명 그리고 그 두 가지를 다 경험한 개 한 마리가 선생님 집의 거실에 앉았다. 낡은 소파 하나와 허리 높이의 책장 하나, 책장 위에 올려놓은 라디오가 세간살이의 전부인 거실이었지만 우리가 들어가 앉으니 금방 꽉 찼다.

거실 양쪽으로 방이 하나씩 있었다. 방문은 굳게 닫힌 채였다. 마당을 향하는 미닫이문 맞은편에는 주방으로 통하는 작은 문이 있었다. 그 문도 닫혀 있었다. 선생님은 우리 얼굴을 한 번씩 보며 말없이 있다가 주방 문을 열고 안으로 들어갔다. 거실로 돌아올 때 선생님 손에는 각기 모양이 다른 컵 네 개가 올라간 쟁반이 들려 있었다.

선생님은 우리 앞에 컵을 하나씩 놓아 주었다. 믹스커피가 담겨 있었다.

"마실 수 있니?"

선생님이 연에게 물었다.

"네."

연이 대답하고 커피를 조금 마셨다. 선생님의 얼굴이 잠깐 환해지는 듯했으나 이내 어두운 빛으로 돌아갔다. 선생님은 기뻐할 권리를 박탈당한 사람 같았다. 나도 커피를 마셨다. 물이 충분히 뜨거운데도 미처 다 녹지 않은 커피 알갱이가 있었다. 그것을 앞니로 씹자 입 안에 씁쓸한 기운이 확 퍼졌다.

바깥이 어두워지더니 번개가 치고 곧이어 천둥도 쳤다. 거센 바람과 함께 세상을 다 떠내려 보낼 기세의 빗소리가 들렸다. 휴대폰으로 확인해 보니 호우 경보라 했다. 심상치 않은 날씨가 신호라도 된 듯 두두와 나를 제외한 세 사람의 이야기가 시작되었다. 아주 긴 이야기였지만, 그 이야기가 만들어진 시간은 그리 길지 않았다.

그 이야기는,

내가 오랫동안 알고 싶어 했던 이야기.

그러나 알게 될까 두려웠던 이야기.

그럼에도 알아야 했던 이야기.

연이 죽음을 고민하고 끝내는 선택하기까지 일어난 일들에 관한 이야기였다.

2

이야기는 연과 해원이 벚꽃 잎을 뿌렸던 날부터 시작되었다.

이상하지만 아름다웠던 꽃놀이를 마친 두 사람이 콜센터로 돌아가 각자의 자리에 앉았을 때, 팀장이 연을 호출했다. 팀장은 연에게 전화번호가 적힌 쪽지 하나를 건넸다. 오후 업무는 그 번호로 콜백을 넣는 것부터 시작하라는 지시와 함께였다. 콜백은 연이 아직 해 보지 않은 일이었다. 그래서 팀장에게 물었다.

"콜백이 뭔가요?"

팀장은 연의 얼굴을 빤히 쳐다보았다.

"영어는 아예 안 되는 거야?"

팀장은 한쪽 입꼬리를 올리며 웃었다. 그때 연은 콜백의 백이 영어 단어 'back'이라는 것을 알았다. 아, callback이라고 한 거구나. 근데 발음이 좀…….

"설명해 줘?"

팀장이 말했다. 연과 해원을 공순이라며 무시할 때와 똑같은 말투였다. 연은 공업계 학교에 다닌다는 이유로 공부를 못하거나 안 했을 거라 여기는 건 명백한 편견이라고 생각했지만 반박은 하지 않았다. 그 뒤에 따라올 피곤한 일들이 싫어서였다.

"아닙니다. 이해했습니다."

그렇게 대답하고 연은 서둘러 자리로 돌아갔다. 팀장 책상에서 연의 책상까지 가려면 다른 상담원들의 등 뒤를 돌아서 가야 했다. 다들 헤드셋을 쓴 채 상담하느라 바빴다. 하지만 그들이 자신을 무식하다고 비웃는 듯한 착각이 들어 연은 얼굴이 화끈거렸다.

그러나 막상 자리로 돌아가 콜백을 하려는 순간, 연은 창피함이나 억울함보다 더 큰 문제가 있다는 것을 깨달았다. 콜백을 해서 뭘 어떻게 해야 하는지 설명을 듣지 못한 것이었다. 다시 가서 물어볼까? 고객이 무엇을 문의했는지, 그래서 내가 어떤 답변을 해야 하는지, 팀장에게 물어볼까? 하지만 연은 그러지 않았다. 얼굴을 붉히며 돌아왔던 길을 다시 걷고 싶지 않아서였다. 이번에는 정말로 다른 상담원들이 자신을 뚫어져라 쳐다볼 것만 같았다. 팀장이 그렇게 만들 것 같은 두려움이 들었다. 넌 애가 왜 이렇게 프로페셔널하지 못 하니! 그런 말을 이미 들은 것 같았다.

그래서,

연은 무슨 말을 해야 하는지도 모른 채로 콜백을 했다. 망설이다 늦으면 또 어떤 무시와 조롱의 말이 날아올지 몰랐다. 쪽지에 적힌 번호를 꾹꾹 눌렀다. 고객은 곧바로 전화를 받았다. 연은 훈련된 목소리와 말투로 고객에게 자신의 이름을 밝히고 인사를 했다. 연의 말이 끝나기도 전에 수화기를 넘어온 고객의 말은 이랬다.

"아까 그년이 아니네?"

15분 동안의 통화를 끝내고 수화기를 내려놓았을 때 연은 자기도 모르게 한숨을 쉬며 손으로 얼굴을 감쌌다.

"누가 한숨을 쉬어!"

팀장이 소리쳤다. 콜센터 내에서 한숨이나 혼잣말은 금지였다. 고객이 듣기라도 하면 큰일이 날 수 있었다. 연은 속으로 숨을 꿀꺽 삼켰다. 입 안에서 맴돌던 욕도 함께 목구멍으로 넘어갔다. 고객에게서 들은 욕, 그래서 그 고객에게 돌려주고 싶은 욕이었다.

연은 얼굴을 가렸던 손을 내리고 허리를 곧게 폈다. 천천히 심호흡을 했다. 삼킨 숨과 욕 때문인지 식도와 위장이 따끔거리는 느낌이었다. 몇 번이고 심호흡을 해 봐도 뛰는 심장이 진정되지 않았다. 상대하기 힘든 고객을 여러 번 겪었지만 그 고객은 차원이 달랐다. 오늘 진상 몇 명이었어? 해원과 자조적으로 주고받던 질문 속의 진상 고객들과는 비교가 되지 않았다. 그때까지의 진상 고객들에게서 느낀 것은 아주 조금의 시간과 아주 조금의 금전도 손해 보고 싶지 않은 사람의 조급함과 분노였다. 그러나 콜백으로 상대한 진상은, 그냥 화를 내고 싶어서 화를 내는 사람이었다. 상담원이 쩔쩔매고 괴로워하는 것을 즐기는 사람이었다.

통화를 끝낼 때 그는 연에게 한 시간 뒤에 다시 콜백을 하라고 했다. 그러지 않으면 자기가 먼저 전화를 걸어서 연을 찾을 것이라 했다. 그때는 지금까지의 일은 우스울 정도의 지옥을 보여 주겠다며 협박했다. 연은 정확히 한 시간 뒤에 콜백을 했고, 그런 일을 네 번 반복한 다음에야 퇴근할 수 있었다.

연이 만난 진상은 센터에서 알 만한 사람은 다 아는 고객이었다. 그는 팀장이 상담원으로 일하던 시절부터 주기적으로 전화를 했다.

일명 환불빌런. 그는 항상 환불을 빌미 삼아 행패를 부렸다. 뭐가 자기 뜻대로 되지 않으면 자신이 암살 기술이 있는 특전사 출신이라며 협박을 해 댔다. 소리 소문 없이 죽여 버리겠어. 그 말을 곧이곧대로 믿는 사람은 없었다. 중요한 것은 그가 과거에 뭘 했느냐가 아니었다. 문제의 핵심은 상담원들의 세계에 그가 존재한다는 것 그리고 잊을 만하면 전화를 걸어 상담원들을 괴롭힌다는 것이었다.

그의 행동으로부터 상담원을 보호할 만한 수단이 아예 없는 건 아니었다. 그러나 그는 전화번호를 바꾸거나 목소리를 변조하는 간단한 방법만으로도 상담원들에게 쉽게 접근했다. 회사도 팀장도 그를 막는 일에 큰 의지를 보이지 않았다. 다치는 건 언제나 상담원들이었다. 회사 입장에서는 그런 일이 기계가 고장 난 것과 크게 다르지 않았다. 마음이 상한 상담원은 부품처럼 교체되었다.

환불빌런이 상담원들을 괴롭히는 방식이란, 이런 식이었다.

항공권을 예매한다. 탑승일 하루 전에 온라인 체크인을 한다. 아무 자리나 지정해서 체크인을 마친 다음 콜센터로 전화한다. 자리를 바꾸고 싶다고 한다. 만석이 될 만한 비행기만 골라 예매하기 때문에 자리를 교체하기는 어렵다. 아주 운이 좋아서 교체가 된다 하더라도 잠시 뒤에 다시 전화를 걸어 또 다른 자리로 교체해 달라고 요구한다. 더 이상 상담원이 해 줄 수 있는 일이 없어질 때까지 반복하다가 환불해 달라고 한다. 규정상 전화로는 환불해 줄 수 없고 웹사이트나 어플을 이용해야 하는데, 환불빌런은 그것까지 이미 알고 있다. 알면서도. 화를 내고 욕을 하고 협박을 해 가며 상담원을 정신적으로 압박한다. 견디다 못한 상담원이 예약 번호를 물어 취소 절차를 대신 진행한다.

여기서 그의 행동은 두 방향으로 나뉜다. 첫째는 환불 처리가 끝난 다음에 자기는 취소해 달라고 한 적이 없다고 생떼를 쓰는 것이었고, 둘째는 취소 수수료를 절대로 낼 수 없다고 버티는 것이었다. 두 방법 중에 어느 쪽을 선택할지는 아무도 몰랐다. 환불빌런 자신도 몰랐다. 그저 즉흥적으로, 타깃이 된 상담원에게 더 부담스러울 것 같은 쪽을 직감으로 골랐다. 사람을 괴롭히는 일에도 전문성이라는 게 있다면 그는 전문가였다. 그 때문에 일을 그만둔 상담원이 6개월 사이에 세명이었다. 불행하게도 그의 네 번째 표적이 된 연에게 그는 수수료 지불을 거부하는 방식을 택했다.

괌으로 가는 비행기표를 끊었던 환불빌런에게 내리 사흘을 시달린 연은 참다못해 팀장에게 도움을 요청했다. 팀장은 고객 탓을 하는 상담원이 어디 있느냐며 호통을 쳤다. 우리 콜센터 서비스 품질 평가 등급이 떨어지면 알아서 하라는 말도 했다. 결국 연은 자기 돈 4만 원을 송금했다. 진작에 이럴 것이지. 환불빌런은 그렇게 말하고 전화를 끊었다.

연은 제 몸을 감싸고 부들부들 떨었다. 그래, 그깟 4만 원. 주고 잊어버리면 그만이었다. 그러나 문제가 해결되었다는 느낌은 전혀 들지 않았다. 고통이 끝났다고 생각할 수가 없었다. 악의로 무장한 사람에게 멱살을 잡힌 채 저항 한 번 해 보지 못하고 끌려다닌 기분이었다. 연은 생전 처음 느끼는 모멸감을 맛봤다.

상담을 시작하기 전에 까드득, 소리가 나도록 이를 악무는 습관이 생겼다. 통화를 마치면 귀에서 벌레가 기어 나오는 것 같은 착각도 들었다. 괌 항공권과 관련된 상담을 해야 하면 얼굴이 터질 듯 달아오르고 손이 덜덜 떨렸다. 그건 정말로 견디기 힘든 고통이었다. 수척해진 연에게 무슨 일이냐 묻는 해원에게도 차마 털어놓지 못했다. 피우는 담배 개수만 늘릴 뿐이었다.

그러나,

연이 그 일 때문에 죽은 건 아니었다. 죽음의 원인에 그 시간들이 무관하다고는 할 수 없지만 적어도 그때는 죽음을, 스스로 목숨을 끊어 고통을 끝내는 방법을, 아직은 떠올리지 않았다.

3

큰일이 일어나지 않은 며칠이 지났고 연의 마음에 일어난 격랑도 조금은 가라앉았다. 그런 날이 하루 이틀 더해지면서 연은 이런 생각도 할 수 있게 되었다.

이제 어지간한 고객은 진상 같지도 않은데?

연은 자신이 상담원으로서 조금 성장했을지도 모른다고 생각했다. 잃는 게 있으면 얻는 것도 있다는 식의 긍정적인 사고도 가능해졌다. 언젠가는 환불빌런과의 일을 무용담처럼 얘기해 볼 수도 있을 것 같았다. 아주 가까운 미래는 아니어도, 계절 한 번 바뀌는 정도의 시간이 흐른 뒤에는 어쩌면.

그때 연이 떠올린 이야기 상대는 해원이었다. 하지만 연은 그 생각을 곧 접었다. 해원이 콜센터에서 계속 일하는 한 그 이야기는 저주처럼 들릴 수도 있기 때문이었다. 그리하여 해원은 연에게 어떤 일이 일어났는지 제대로 알지 못했다.

다시 시간이 흐르고 계절은 조금씩 여름으로 건너갔다. 지난 계절 꽃잎을 뿌렸던 벚나무에 푸릇푸릇한 이파리가 무성해졌다. 연은 매일 아침 나무 그늘 아래를 걸어서 출근했다. 그즈음 연은 환불빌런을 거의 생각하지 않았다. 그리고 팀장

에게 차츰 인정을 받았다. 팀장은 환불빌런의 진상 짓을 겪고
도 학교에 연락하거나 실습을 중단하지 않은 연에게 내심 놀
랐다. 연보다 나이 많고 경험 많은 상담원들조차 환불빌런의
폭언과 협박은 견디지 못했다.

팀장은 연이 대견하다는 듯 이런 말까지 했다.

"너 보기보다 깡이 좋은 애구나."

깡이 좋다는 말은 팀장이 직원들에게 하는 최상급 칭찬
이었다. 연에게는 실습이 시작된 이후 처음으로 좋은 날들이
었다. 명확한 이유로 누구한테 인정받아 본 게 아주 오랜만이
었다. 연은 그날 비로소 윤미주 선생님에게 전화를 걸었다. 너
무나 힘들 때도 꾹 참았던 전화를 걸어 이렇게 말했다.

"선생님. 저 칭찬받았어요."

선생님도 연의 통화를 기억하고 있었다. 실습 기간에 연
이 처음으로 먼저 걸어 온 전화였기 때문이다. 일주일에 한 번
선생님이 연에게 전화를 걸었지만 풀 죽은 목소리로 받는 날
이 많았고, 아예 연결되지 않을 때도 있었다. 괜찮아요. 할 만
해요. 연은 그렇게 말했지만 선생님은 연의 실습이 순탄치만
은 않으리라 짐작했다. 노동하면서 겪는 마음고생이란 감춘
다고 감춰지는 것이 아니었다. 연에게는 처음이라 혼란스러울

여러 감정을 선생님은 몇 마디 말 대신에 잠시의 침묵으로 받아 주었다. 전화를 끊고 나면 선생님은 혼잣말로 이렇게 말하곤 했다.

"참지 않아도 되는데⋯⋯."

그 말을 연에게 직접 하지 못한 이유는 당시의 교무실 분위기 때문이었다. 그 무렵, 어렵사리 실습을 내보낸 다른 반 아이들이 이런저런 이유로 하나둘씩 돌아오고 있었다. 매년 있는 일이었지만 선생님들은 매년 똑같이 아이들을 꾸짖었다. 니들이 이렇게 끈기 없이 굴면 후배들 앞길을 막는 거야. 학교 이미지를 너희가 다 망쳐 놓는 거라고. 고개를 숙이고 꾸중을 듣는 아이들 얼굴에는 억울함과 분함이 가득했다. 그 아이들도 연이나 해원 못지않게 성실한 학생들이었다. 취업반 담임을 처음 맡은 윤미주 선생님은 말로만 듣던 일을 직접 목격하자 혼란스러웠다. 자신은 연에게 그런 말을 해야 하는 상황을 겪고 싶지 않았다.

만약 연이 학교로 돌아온다면, 다르게 행동할 수 있을까? 선생으로서 어른으로서 해선 안 될 말을 하지 않을 수 있을까? 함께 일하는 동료로서 다른 선생님들이 특별히 나쁜 교사는 아니었다. 꼭 집어 뭐라고 말하긴 어렵지만 선생님들로 하여금 학생들을 닦달하게 만드는 어떤 것, 거역하기 어려운 무엇이 틀림없이 있었다. 윤미주 선생님은 그래서 자신이 없었다. 막상 그런 상황에 놓이게 된다면⋯⋯. 그러므로 아예 그런 일이 일어나지 않기를 바랐다. 연이 실습을 잘 마쳐 주기를 바라는 마음 한구석에는 선생님 자신을 위한 것도 조금은 있었던 것이다.

그렇지만 칭찬받았다는 연의 말에 선생님이 느낀 기쁨은 진심이었다. 너에게도 좋은 일이 있구나. 일터에서 보람을 느껴 봤구나. 선생님은 여러모로 한시름 놓았다. 그 칭찬의 힘으로, 기쁨의 힘으로 연이 무사히 실습을 마치리라 믿었다.

안타깝게도,

연의 기쁜 날들은 그리 오래가지 못했다.

여느 때와 다르지 않았던 아침 출근길, 연은 나무 그늘 아래가 더 이상 시원하지 않은 것을 느꼈다. 날씨가 몹시 뜨거웠다. 콜센터 건물 안도 마찬가지였다. 사무실이 있는 3층까지 걸어 올라가는 동안 등줄기에 땀이 흘렀다.

연은 낯설면서도 익숙한 기분을 느꼈다. 뭔가 좋지 않은 예감이 들었다. 오전 업무 시간 내내 그랬다. 혹시라도 환불빌런이 돌아오는 건 아닐까? 불안한 마음의 끝에는 그런 생각이 도사리고 있었다. 연은 점심시간이 되기만을 기다렸다. 해원과 함께 점심을 먹고 담배를 나눠 피우면 조금이라도 덜 불안할 것 같았다. 아직 아무 일도 일어나지 않았어. 걱정하던 일이 그대로 일어나는 확률은 거의 없대. 해원과 그런 이야기를 나누고 싶었다. 하지만 그러지 못했다.

사실 해원도 해원대로 하고 싶은 말이 있었다. 굳이 따지자면 해원의 사정이 더 급했다. 연의 실체 모를 불안과 달리 해원은 이미 뚜렷한 고통을 겪고 있었다. 해원은 팀장에게 시달린 일을 이야기했다. 일 시작한 지 벌써 얼마가 지났는데 처리하는 콜 수가 그것밖에 안 되느냐, 책상 정리 좀 하고 살아라, 화장실에 가면 왜 돌아올 줄을 모르느냐, 이런 말을 하루에도 몇 번씩 한다는 것이었다. 대수롭지 않게 넘길 수 있었지만 그런 말이 쌓이고 쌓이자 해원은 참기가 힘들었다. 사소한 일로 시비를 거니까 더 화가 난다고. 고작 그런 일에 부글부글 끓는 자신에게 열이 받쳐서 성격이 이상해지는 것 같다고.

"요새는 담배 피우는 것 가지고도 지랄이라니까? 담배는 진짜 선 넘은 거 아니냐고."

해원은 담배 연기를 길게 흘리며 말했다.

"담배를 건드려?"

연이 말했다.

흡연은 콜센터 상담원들의 유일무이한 정신적 탈출구였다. 주변 건물에서 '젊은 여자들이 담배 피우는 모습이 보기 안 좋다' 따위의 민원이 들어와도 회사는 흡연장을 그대로 두었다. 상담원으로서 단정한 이미지가 중요하다고 늘 강조하면서도 흡연만큼은 권리로 보장해 주는 분위기였다. 흡연이야말로 상담원이 누릴 수 있는 일탈이자 자유라 해도 무방했다. 그러니 팀장이 해원을 밉게 보고 있다는 건 연도 짐작할 수 있었다.

"뭐. 팀장이 그러는 게 어디 하루 이틀 일인가……?"

연은 얼버무리듯 말했다. 해원의 말과 마음을 확실히 받아 주지 못하는 스스로에게 놀라고 또 실망하면서. 그런 마음을 해원이 눈치챌까 연은 걱정했다. 팀장이 해원을 향해 치사하고 치졸한 말을 하기 시작한 때와 연을 인정하는 말을 한 때가 거의 같았다. 해원은 담배 한 개비를 더 태웠고 연은 주머니에 손을 찔러 넣은 채 바닥을 봤다. 짧은 몇 분이 흘러가는 동안 연은 가슴속에 번지는 어떤 감정 때문에 고개를 들지 못했다. 그 감정은 안도감이었다.

점심시간이 끝나 사무실로 돌아가자 팀장이 연을 호출했다. 뒤에 서 있던 해원이 주먹으로 연의 등을 톡톡 두드렸다.

이제 너한테도 지랄할 건가 보다. 힘내라. 해원의 손길에서 연은 그런 말을 들은 듯했다. 연은 뒤돌아보지 않고 걸음을 재촉해서 팀장에게 갔다. 해원이 제자리로 돌아가 헤드셋을 쓰는 것을 확인한 팀장은 연을 데리고 밖으로 나갔다.

복도 끝까지 걸어간 팀장은 300원짜리 자판기 커피를 뽑아서 연에게 건넸다. 팀장이 자기 돈으로 무얼 사 준 건 그때가 처음이었다. 연은 따뜻한 종이컵을 두 손으로 쥐고 가만히 서 있었다.

"너네 실습 나올 때 학교에서 어떻게 듣고 왔어?"

팀장이 벽에 기대며 물었다.

"어떤……?"

연은 팀장이 정확히 무엇을 이야기하려는 건지 몰랐다.

"실습 끝난 다음에 회사랑 계약하는 거."

아, 계약! 그것에 관해서라면 잘 기억하고 있었다. 얌전히 성실하게 일하다 보면 곧바로 계약직으로 채용될 거라고 했다. 그다음부터는 너희 하기 나름이라고. 콜센터 업계라는 곳이 워낙 사람을 많이 필요로 하니까 너희만 잘하면 어렵지 않게 채용될 거라고. 그렇게 몇 년 일하면 길이 열릴 거라고. 구체적으로 어떤 길이 열린다는 건지는 말해 주지 않았다. 연과 해원도 묻지 않았다.

생각이 거기까지 미쳤을 때 팀장이 덧붙였다.

"학교에서 들었던 것처럼은 안 될 것 같아."

팀장은 벽에 기댔던 몸을 똑바로 세우고 팔짱을 꼈다.

"우리 센터 정원이 감축될 거래. 자세한 내용은 나도 모르겠고. 아무튼 자리가 없대. 그래서 너랑 해원이 중에 한 사람만 채용하게 될 거야."

두 사람 중 한 명을 선택하는 권한은 팀장에게 있었다. 더 길게 듣지 않아도 연은 자신이 해원보다 유리한 위치에 있다는 것을 알아차렸다. 아침에 느낀 불안감과 점심때 느낀 안도감이 이 순간에 대한 암시였구나. 연은 자기도 모르게 고개를 끄덕였다.

"쪼그만 게 눈치는 빨라 가지고."

팀장은 피식 웃으며 연의 어깨를 툭 쳤다. 연은 팀장의 오해를 바로잡지 못하고 커피를 한 모금 마셨다.

"어쨌든 나한테도 너를 뽑는 이유라는 게 있어야 돼. 그래서 고민이 많았는데……."

연은 팀장이 무슨 말을 하려는지 알 수 없었다. 진상 고객과 통화할 때의 불편함과 답답함이 느껴졌다.

"마침 그 자식이 콜을 넣었지 뭐니?"

환불빌런이 또 항공권을 예매하고 취소를 요구하기 시작

했다는 이야기였다. 팀장은 해원에게 콜백을 시킬 예정이라고 했다.

"같은 업무 다른 결과. 깔끔하잖아? 내가 볼 때 걔는 너처럼 버티지 못할 거야. 눈을 보면 알거든. 그런 애들은 자기 분에 못 이겨 어떤 식으로든 일을 내게 되어 있어. 이 일이 자기와 맞지 않는다는 건 스스로 금방 깨닫겠지. 그러니까 넌 그냥 가만히 있어. 도와준답시고 일 복잡하게 만들지 말고."

팀장은 작지만 힘 있는 목소리로 말했다. 연은 지난 몇 달 동안 해원과 함께 견뎌 온 많은 일과 감정을 떠올렸다. 해원이 종종 말하던 몇 년간의 계획도 생각했다. 해원이 거실 하나에 방 두 개가 있는 집에서 살게 되기를 바랐다. 자주 이야기하던 배낭여행도 가기를 바랐다. 그런데 갑자기 일을 할 수 없게 된다면?

그 꿈들을 다른 방식으로도 이룰 수 있을 거라고 생각해 보려 해도 확신이 들지 않았다. 해고가 당장 자기 일이 된다면, 연은 너무도 막막할 것 같았다. 그런 생각을 하는 동안 연은 비어 있는 종이컵을 두 번 접었다. 꼭꼭 접은 종이컵이 꽉 다문 입처럼, 꽉 닫힌 마음처럼 보였다. 연은 그 종이컵을 버리지 않고 주머니에 넣었다.

4

환불빌런의 행패는 더욱 악독해졌다. 욕설이 지독해지고 혐오의 말은 비열해졌다. 해원에게는 취소를 원한 적이 없다는 방식을 썼기 때문에 그의 화가 풀릴 때까지 괴롭힘은 끝나지 않았다. 그는 콜센터로 직접 찾아가겠다고 했다. 정확히 말하면, 쳐들어가겠다고 했다. 쳐들어가서 해원의 사지를 찢어버리겠다고 했다.

자기 앞에 무릎을 꿇고 빌면 봐주겠다는 말도 했다. 해원은 그러시라고 했다. 그렇게 해서라도 통화를 끝낼 수 있다면 무릎 따위 몇 번이고 꿇을 수 있었다. 해원은 이대로 시간이 더 흐르면 자기가 먼저 그를 찾아가 죽일지도, 정말 그렇게 하고 뉴스에 날지도 모르겠다고 생각했다. 그러나 환불빌런은 찾아오지 않고 또 전화를 했다. 몇 번이고 했다.

며칠 사이 날씨는 하루가 다르게 무더워졌다. 연일 최고 기온을 경신했다. 가만히 앉아만 있어도 이마에 땀이 송글송글 맺혔지만 콜센터의 냉방은 시원찮았다. 목소리가 중요한 일을 하는 곳이니까 에어컨을 함부로 틀 수 없다는 이유였다. 같은 이유로, 겨울에는 난방을 제대로 해 주지 않았다. 연은 회사가 상담원들을 온전한 인간이 아닌 입과 혀와 성대로 구성된 기계처럼 여긴다는 생각을 했다. 벽에 걸린 선풍기 다섯 대가 열심히 돌아갔지만 시원한 바람은 어느 누구에게도 닿지 않았다. 팀장은 사무실을 자주 들락거렸고 상담원들은 물에 적신 손수건으로 땀을 훔치거나 휴대용 선풍기를 틀어 간신히 더위를 밀어 냈다.

그렇게 닷새가 흘렀다. 해원이 갑자기 의자를 밀치고 일어났다. 한순간 콜센터 안의 모든 시선이 해원에게로 꽂혔다. 해원은 제자리에 서서 부들부들 떨었다. 연은 해원이 왜 그러는지 알았다. 다른 사람들은 몰라도 연이 모를 수는 없었다. 그 자식이 또 무슨 말을 한 걸까. 연은 입술을 깨물고 해원을 쳐다봤다. 소리를 질러. 비명이라도 질러. 해원아, 그렇게라도 해. 어서…….

그러나 해원은 입을 꾹 다물고, 어디를 보는지 알 수 없는 눈을 하고, 그저 서 있기만 했다. 팀장이 천천히 해원에게 다가가려 할 때, 해원은 손에 쥐고 있던 헤드셋으로 자기 머리를 마구 때렸다. 주위의 상담원들이 해원을 말렸지만 소용 없었다. 얼마 지나지 않아 해원은 눈알을 뒤집고 쓰러졌다. 연은 자기 자리에서 일어나 그 광경을 말없이 지켜봤다. 발에 못이 박히기라도 한 듯 연은 가만히 서 있었다.

연은 생각했다.

전날 퇴근길에 해원과 나눈 대화를.

그리고 후회했다.

해원에게 할 수 있는 말을 고르던 자신의 마음을. 해원을 위로하면서도 자신에게 피해가 오지 않을 말을 고르던 순간을. 그래서 결국 아무 말도 못 했던 시간을. 자리를 지키기 위해, 바라던 삶을 위해, 그것을 가능하게 하는 안정된 수입을 위해, 해원에게 하지 않은 말이 있었다. 그 말을 꼭 해야 했다는 걸 연은 그제야 알았다. 해원의 손을 잡아 주지 않고 어깨를 도닥여 주지 않은 자신의 무력함과 이기심을 알았다.

해원이 정말 환불빌런 때문에 쓰러진 걸까?

잘못은 그 사람에게만 있을까?

자신 있게 그렇다고 말할 수 없었다. 연은 스스로가 징그럽게 느껴졌다.

해원은 며칠 동안 출근하지 않았다. 팀장은 해원의 결근 사유를 병가로 처리했다. 실습 부장 교사가 해원의 집으로 전화했다. 전화는 해원의 할머니가 받았다. 실습 부장은 해원의 안부를 묻기 전에 해원이 계속 일할 마음이 있는지부터 물었다.

"요즘 애들이 워낙 끈기가 없어서요."

실습 부장의 말을 직접 들은 사람은 할머니였지만, 연도 해원도 윤미주 선생님도 그가 묘하게 고압적인 말투를 썼으리라는 걸 알았다. 그에게는 연과 해원이 쉽게 돌아와선 안 되는 학생들이었다. 둘을 아껴서가 아니었다. 실적을 위해서였다. 취업 실적이 좋아야 예산을 많이 받고, 예산을 많이 받아야 학교가 잘 굴러가고, 학교가 잘 굴러가야, 최소한 그렇게 보이기는 해야 자신도 하루빨리 승진을 하고…….

어떻게 보내 준 자리인데.

그는 이런 말을 자주 했다. 얼핏 아이들을 위하는 말 같지만 그 말을 감싼 껍데기를 몇 겹 벗겨 보면 득을 보는 건 어른들이었다. 그런데도 해원의 할머니는 학교가 고맙고 또 무서워서 해원이 그냥 몸살을 앓는 것뿐이라고 얼른 말했다. 회사 생활이 아주 만족스럽다고 했다면서, 해원이 한 적 없는 말까지 덧붙였다. 통화는 금방 끝났고 해원은 이틀 뒤에 다시 출근했다.

해원이 결근한 동안 팀장은 많이 초조해했다. 환불빌런 정도의 진상 고객을 현장 실습생에게, 그것도 의도가 다분한 콜백 지시를 통해 맡겼다는 사실이 알려지면 곤란해질 수 있었다. 회사가 팀장을 보호해 줄 리 만무했다. 회사에겐 팀장도 연이나 해원과 다르지 않은 존재였다. 연은 그런 말을 다른 상담원에게서 들었다. 연은 그것이 부당한 업무 지시였다는 걸 그제야 알았다. 그리고 그런 지시를 내린 팀장 위에 회사가 있다는 것도 알았다. 회사가 팀장을 누르고, 팀장이 상담원들을 누르고.

그렇다고 팀장이 해원에게 잘못하지 않은 건 아니었다. 어쩔 수 없었다고 말한다면 그건 변명조차 되지 않았다.

연은 자신의 행동에 대해서도 생각했다. 해원이 겪은 일에 자기 몫의 책임이 없다고 할 수 없다는 것을, 나쁜 쪽은 환불빌런과 팀장이었다고 해도 해원이 힘들 줄 뻔히 알면서 모른 척한 게 떳떳한 행동이 될 수 없음을, 연은 알았다.

연은 해원에게 사과하기로 했다. 에둘러 가는 변명 따위가 아니라 분명한 사과의 말을 해야겠다고 결심했다.

5

연의 사과는 해원의 닫힌 마음을 조금도 열지 못했다. 해원은 연에게 배신감을 느꼈다. 연이 진심으로 미안해한다는 걸 모르지 않았으나 연에게 치미는 분노가 마음과 얼굴을 싸늘하게 식혀 버렸다. 팀장은 둘 사이에서 아무런 행동도 하지 않았다. 오히려 잘됐다고 생각했다. 연과 해원 사이가 이대로 나빠진다면 둘 중 한 사람을 부적응 실습생으로 날리기 쉬웠기 때문이다. 팀장의 마음은 여전히 연 쪽으로 기울어 있었고, 교묘하고 치사하게 계속 차별했다. 그럴수록 해원은 연을 향해 미움을 키웠다.

왜 그랬을까.

해원은 오래도록 생각했다. 내가 왜 그랬을까. 왜 그때 팀장을, 회사를 미워하지 않고 연을 미워했을까. 어쩌면 화풀이 대상이 필요했는지도 몰라. 눈앞에 보이는 사람 중에 가장 약한 누군가에게 나도 갑질을 하고 싶었는지도 몰라. 해원은 그런 결론에 도달했다. 연을 없는 사람 취급하면서, 어떤 말도 못 하게 막으면서, 합당한 복수를 하고 있다고 생각한 자신도 연에게는 지독한 진상 고객과 다를 바 없었다고.

연과 해원 사이가 중학교 때처럼 소원해져 버린 뒤에도 선생님은 두 사람의 실습이 잘 진행되고 있는 줄만 알았다. 현장 실습 보고서에 그렇게 쓰여 있었기 때문이다.

연과 해원의 실습 보고서를 작성한 교사는 실습 부장이었다. 현장 점검은 3학년 담임들과 실습 부장이 구역을 나누어 진행했는데, 우등생인 연과 해원을 보러 가는 일은 부장이 맡았다. 그는 해원과 연이 정신없이 상담 업무 하는 모습을 흐뭇하게 바라보기만 하고 팀장에게 물었다.

"애들 잘하고 있죠?"

팀장이 그렇다고 대답했고, 점검은 그걸로 끝이었다. 두 사람의 마음에 시퍼렇게 멍이 든 건 전혀 모른 채 학교로 돌아갔다. 알았다 한들 뭐가 달라졌을까?

윤미주 선생님은 아마 그렇지 않았을 거라 했다.

"다 큰 애들이 왜 싸우고들 그러냐? 그런 소리나 했을 거야."

그리하여 기록은 연과 해원이 겪은 것과는 다르게 남았다. 선생님은 그 기록을 보고 안심했다. 자기가 보고 온 다른 아이들에 비하면 연과 해원은 틀림없이 잘하고 있을 거라는 믿음이 있었다. 케첩 공장에서 온종일 토마토퓌레를 젓느라 어깨가 빠질 것 같다며 우는 아이도, 점심시간에 자동화 기계를 끄는 것을 깜빡하는 바람에 회사에 5백만 원어치의 손실을 끼쳤다며 떠는 아이도 있었다. 실습 부장의 평소 행태를 생각하면 보고서가 철저히 그의 시각에서 편리하고 매끈하게 작성되었으리라 예상은 했지만, 연과 해원이 잘 해내고 있으리라는 데에는 추호의 의심도 없었다.

연이 죽고 난 뒤 선생님의 마음속에는 질문이 꼬리를 물고 이어졌다. 나는 왜 잘 해내는지에만 관심이 있었을까. 어째서 애들이 잘 지내는지는 궁금해하지 않았을까. 언제부터 그렇게 되었을까. 내가 그 애들에게 학교의 어떤 사람들과는 다른, 안전하고 믿을 만한 사람일 수 있었을까. 어른이고 교사일 수, 있었을까.

실타래처럼 풀려나온 질문은 차곡차곡 쌓여 선생님을 가두었다.

6

연이 세상을 떠난 건 현장 점검 일주일 뒤였다.

이튿날, 교장은 전체 교직원에게 함구령을 내렸다. 3학년 학생이 사망한 일에 아무 말도 하지 말 것. 적어도 장례 절차가 마무리되고 시신을 화장할 때까지는 외부의 누구와도 접촉하지 말 것. 그게 학교 방침이었다.

윤미주 선생님은 연이 세상을 떠나기 전에 걸려온 부재중 통화 내역을 보고 또 보았다. 연의 빈소에 가는 걸 학교가

x

막지 않았다 해도 선생님은 거기에 갈 용기가 없었다.

연의 죽음은 회사와 무관한 일이 되었고, 뉴스나 신문에 짧게라도 나오지 않았다. 학교 아이들은 건강하던 연이 왜 갑자기 심장마비를 일으켰는지 믿기지 않는다 했다. 그러는 아이들도 연의 죽음을 회사 그리고 학교와 연결 짓지는 못했다. 그런 생각을 못 하게 만들었기 때문이다. 그러나 윤미주 선생님에게는 보였다. 학교 내부자로서 어쩔 수 없이 알게 되는 것이 있었다.

연이 죽기 사흘 전에 회사와 채용 계약서를 썼다는 소문이 돈 것, 그 말을 들은 해원이 분에 못 이겨 스스로를 해하는 행동을 한 것 그리고 그 사실을 안 뒤에 연이 죽은 것.

선생님은 보지 못했지만 본 것 같은 장면들을 이어서 하나의 이야기를 만들었다. 연의 마음이 겪은 것에 관한 이야기였다. 그 이야기는 진실과 크게 다르지 않았다. 선생님 생각처럼, 연은 회사 사람들 사이에서 '친구를 배신한 독한 애'가 되었다. 사흘 동안 아무도 연과 이야기를 하지 않았다. 눈조차 마주치지 않았다. 오직 해원만이, 연을 이따금씩 보았다. 뚫어져라 봤다. 아무런 감정도 느낄 수 없는 눈빛이었다. 연의 마음은 수렁에 빠진 것처럼 막막해졌다. 한 발짝 떨어져서 보면 해결할 방법을 찾을 수도 있었겠지만, 연에게는 이미 그 한 발짝을 떼어 놓을 힘이 없었다.

　끊임없이 솟구치는 질문과 나오지 않는 말들 그리고 연의 죽음과 관련해 떠오르는 이야기에 짓눌려 버린 선생님은 일상을 이어 갈 힘을 놓아 버렸다.

　학교가 똑바로 보이는 집에 살면서 연을 오래 기억하기 위해 애쓰는 것만이 선생님이 할 수 있는 일이었다. 그러나 연의 죽음을 생각하는 매일매일은 감당하기에 너무 버거웠다. 시간은 끝내 선생님의 마음을 꺾고 몸을 주저앉혔다.

　선생님은 약국 열 군데를 돌며 알약을 모았다. 그 알약들을 상에 쏟아 놓고 술과 함께 삼켰다. 한 모금에 한 움큼씩, 그렇게 세 번을 했다. 선생님은 의식을 잃고 쓰러졌다. 그런 일은 연이 절대 바라지 않았지만 결국 일어나고 말았다. 그리고 어떤 개가 나타나 선생님 집 대문 앞에서 한참을 짖었다. 개 짖는 소리가 시끄러워 밖으로 나온 옆집 할아버지가 심상찮은 일이 벌어진 것을 알아챘고, 곧 쓰러진 선생님을 발견했다. 처음 보는 점박이가 서럽게 울었다고 할아버지는 전했다. 그 개가 아니었다면 선생님은 이 세상 사람이 아니었을 거라고 했다. 선생님 얼굴에 죽음이 가득했다는 것이다.

　선생님이 죽기 위해 택한 방법은 연이 택한 방법과 거의 같았다. 우연이었을까. 선생님은 왜 그랬는지 말하지 않았고 우리도 묻지 않았다.

연은 이렇게만 말했다.

"무사하셔서 다행이에요."

그리고 연은 이 세상에서의 삶이 완전히 끝난 다음의 일들을 이야기했다.

몸에서 영혼 같은 것이 빠져나간 뒤에 본 이 세상의 모습이었다. 끊겼던 의식에 불이 켜지듯 정신이 들었을 때, 발치에는 쓰러진 자기 몸이 보이고 그 위로 석양이 내려앉더니 금세 비가 쏟아졌다고 했다. 연이 노을과 비를 함께 본 것은 그때가 처음이었다. 죽음과 어울리는 풍경이네. 연은 생각했다. 후회를 했나. 마음이 놓였나. 슬펐나. 후련했나. 아팠나. 가뿐했나. 싫었나. 좋았나. 그때의 기분이 기억나지 않는다고 했다. 그냥 붉게 타는 노을이 호수를 삼키고 빗물이 자기 몸에 스미는 모습을 가만히, 시간이 허락하는 만큼 보고 또 봤다고 했다. 세상이 완전히 어두워지자 잠에 빠지는 것처럼 눈앞이 캄캄해졌고, 그게 마지막이었다고 했다.

이야기는 그렇게 끝이 났다.

주위가 어두웠다. 비는 그치지 않고 내렸다.

8장 Au revoir

1

"그럼 이제 어떡하지?"

내가 말했다. 모두 나를 쳐다보았다.

"뭘 어떻게 해?"

연이 물었다. 나는 대답을 하려다 입을 다물었다. 외려 질
문을 받으니 머리가 하얘졌다. 내가 침묵하는 동안 다른 사람
들도 조용히 있었다. 내 대답을 기다리는 것 같았다. 적막과
침묵 속에서 나는 우리가 해야 한다고 생각한 '무엇'을 다시
떠올렸다.

그건 복수였다.

그러나 말이 나오지 않았다. 복수를 하러 가야지. 그렇게 말할 수가 없었다. 연에게 그런 험하고 지독한 일을 하자고, 또는 하라고 말할 수 없었다. 나는 말없이 침만 꼴깍 삼켰다. 그 소리가 조용한 집 안에서 유난히 크게 들렸다.

"해 봤지. 왜 안 했겠어."

나를 만나러 오기 전, 연은 복수에 가까운 일을 몇 가지 해 봤다고 했다.

어떤 밤에,

연은 팀장이 잠든 침대 아래에 누워서 저주의 말을 늘어놓았다. 그 말은 팀장의 꿈속으로 흘러들었다. 식은땀에 절어 앓는 소리를 내는 팀장을 악몽으로 가득 찬 긴 잠 속에 던져두고 연은 환불빌런을 찾아가 그의 명치를 밟고 섰다. 환불빌런은 차츰 가빠지는 호흡 때문에 눈을 떴고, 이내 자신이 가위에 눌린 것을 깨달았다. 연은 그의 어깨를 지근지근 밟으며 그가 했던 욕을 했다. 비명조차 지르지 못하고 얼굴을 일그러뜨린 환불빌런을 무표정하게 내려다보던 연은 그 밤이 다 가기 전에 실습 부장에게로 갔다. 그의 가족들까지 괴롭힐 마음은 없어서 집에는 들어가지 않고 차에서 기다렸다. 뒷좌석에 앉아서 잠시 눈을 붙인 연은 실습 부장의 출근길에 백미러를 통해 창백한 얼굴을 드러냈다. 한적한 도로에서 창백한 연과 눈이 마주친 실습 부장은 헙, 숨을 삼키며 길 한가운데에서 급정거를 하고 천천히 뒤를 돌아봤다. 연은 그의 코앞까지 얼굴을 바짝 붙여 놀라게 한 다음 차에서 빠져나왔다.

연은 보름 정도의 시간을 그런 일을 하는 데 썼다. 꼭 그러고 싶었던 것은 아니었다. 그럴 수밖에 없었다는 게 연의 설명이었다. 그것 말고 뭘 해야 좋을지 알 수가 없었다고. 억울함과 분노를, 풀 길 없는 슬픔을, 그렇게 해야만 해소할 수 있을 것 같았다. 그러나 연의 기분은 조금도 나아지지 않았다. 후련해지지도 개운해지지도 않았다.

혼자 있을 때, 그들은 더없이 작고 약했다. 언제나 괴물일 줄 알았던 그들도, 좋지 않은 생각과 그걸 실천할 악의만으로 살고 있을 거라 믿었던 그들도, 세상 앞에서는 무력한 개인에 불과했다.

연은 문득 TV에서 본 적 있는 폭탄 돌리기 게임을 떠올렸다. 언제 터질지 모를 폭탄을 머리 위로 들고 읽기 힘든 문장을 빠르게 말한 다음 옆 사람에게 넘기는 게임이었다. 참가자들은 자기 차례에 폭탄이 터질까 봐 잔뜩 긴장한 채 게임을 했다. 운이 나쁜 사람 머리 위에서 폭탄이 터지면 밀가루가 쏟아졌다. 연은 자신이 밀가루를 뒤집어쓴 사람임을 알았다.

그리고 폭탄을 넘긴 사람과 그 사람의 사정을 생각했다. 그걸 생각하는 동안 연은 누구 앞에도 나타나지 않았다. 자신이 아는 가장 어두운 곳에 몸을 웅크리고 앉아서 고민했다.

나를 죽게 한 것은 누구인가.

폭탄을 넘긴 사람이지. 연은 그게 정답이라고 생각했지만 마음이 개운치 않았다. 다른 답이 있을 것 같았고, 진실은 따로 있을 것 같았다. 연은 다시 생각했다. 애초에 폭탄이 없었다면, 만들지 않았다면, 그걸 돌리라고 시키지 않았다면. 연은 누가 폭탄을 만들고 그걸 돌리게 하는지 알고 싶었다. 답은 잡힐 듯 잡히지 않았다. 보일 듯 보이지 않았다. 팀장과 환불빌런과 실습 부장 위에 있는 누군가를 상상해 봤지만, 그도 누구 아래에 있을 것이었다. 누구 위에 있는 누군가를 계속 생각하다 보면 마지막에는 누가 있을지, 연은 궁금하면서도 두려웠다. 작고 무력한 사람들이 서로를 공격하게 만드는 어떤 존재가 자신을 하찮게 내려다보고 있는 광경을 연은 상상했다.

연은 더 이상 그들을 찾아가지 않았다. 앞으로도 그럴 거라 했다. 나는 연의 말에 고개를 끄덕이면서도, 마음 한구석에 여전히 부글거리는 게 있어서 이렇게 말했다.

"그럼 이대로 아무것도 못 하는 거야? 바꿀 수 있는 게 없어?"

답답한 마음에 나도 모르게 목소리가 커졌다. 연은 두두를 품에 안고 나를 물끄러미 보았다. 눈가에 쓸쓸한 웃음이 지나갔다.

"그건 산 사람, 아니 살 사람들이 고민해야지."

2

우리는 우리가 지금 할 수 있는 일을 하기로 했다. 연에게 예를 갖추는 것이었다. 선생님은 연에게 먹고 싶은 게 있는지 물었다. 연은 잠시 고민하다가 해원에게 질문을 넘겼다. 해원도 고개를 갸웃거리다 내게 물었다. 나는 두두를 보다가 선생님을 보았다. 선생님은 고개를 저었다.

"지금 바로 만들 수 있는 걸 먹어요."

내가 말했다.

"좋아. 좋은 생각이야."

연이 말했다.

그래서 다 같이 주방으로 갔다. 냉장고 안에는 뚜껑이 조금 부풀어 오른 김치통 하나만 덩그러니 있었다. 선생님이 그

김치통을 조심스레 꺼내 싱크대 위에 올려놓았다.

"한 발짝씩만 물러날래?"

우리에게 말한 뒤에 선생님은 심호흡을 하고 김치통을 열었다. 터지면 어쩌나, 사방에 김칫국이 튀면 어떡하나 모두 긴장했다. 딸깍, 딸깍, 딸깍, 딸깍. 소리가 나는 동안 김치통에서 바람 빠지는 소리가 났고, 뚜껑을 열었을 때 국물이 조금 흐르긴 했지만 큰일은 나지 않았다. 모두 동시에 한숨을 내쉬었고 그게 재밌어서 함께 웃었다.

"가만있자……."

혼잣말을 한 선생님이 가스레인지 아래 수납장에서 밀가루와 식용유를 꺼냈다. 김치와 밀가루와 식용유가 나란히 놓인 싱크대를 보고 연이 기뻐하며 말했다.

"와! 맛있겠는데요!"

김치전은 정말로 맛있게 만들어졌다. 해원이 김치를 잘게 썰어 주면 내가 밀가루와 물을 섞어 반죽을 만들었다. 선생님은 그걸로 바깥쪽은 바삭하고 안쪽은 촉촉한 전을 부쳤다. 연은 요리가 완성되는 모습을 두두와 함께 지켜보았다.

완성된 김치전을 상 위에 올려놓고 둘러앉은 우리는 먹기 전에 연에게 절을 하기로 했다. 방의 불을 껐다. 연이 불꽃을 만들어 초에 붙였다. 다 함께 연에게 두 번 절했다. 연은 조금 민망한 표정으로, 하지만 꼿꼿한 자세로 앉아서 절을 받았다. 절을 하고 마지막으로 내가 일어났을 때는 촉촉해진 눈으로 웃고 있었다. 울지만 웃는 것 같고, 웃지만 우는 것 같은 얼굴. 연의 얼굴에 번진 웃음과 울음은 둘 다 내가 오랫동안 좋아하고 그리워한 표정이었다.

"두 사람 표정이 닮았네."

선생님이 나와 연에게 말했다.

"그러게. 정말 비슷한 얼굴이네."

해원도 말했다. 나는 그 말이 마음에 들었다. 오래오래 잊지 않도록, 잘 간직해야겠다고 생각했다.

김치전 석 장을 다 먹고 상을 물렸을 때 세상은 어두웠다. 바깥에서 들리는 빗소리가 심상치 않았다. 연이 내게 뉴스를 검색해 보라고 했다. 날씨 탓인지 휴대폰에 인터넷이 잘 연결되지 않아 한참을 기다린 끝에 뉴스를 확인할 수 있었다. 엄청나게 큰 비가, 선생님도 처음 보는 폭우가, 밤새 내릴 거라고 했다. 지대가 낮은 곳에는 이미 물이 차오르고 있었다. 침수된 도로와 물에 잠긴 반지하방 사진이 기사와 함께 올라왔다.

연이 문을 열고 밖으로 나갔다. 하늘을 올려다보며 한참을 서 있었는데 얼굴에 근심이 가득했다. 그런 연의 모습을 보고 있던 해원이 손으로 입을 가리며 한 걸음 뒤로 물러났다. 조금 휘청거리는 것 같기도 했다.

"왜 그러니?"

선생님이 해원의 몸을 붙들며 말했다.

"저…… 저기."

해원이 가리킨 것은 연의 발이었다. 아니 연의 발이 있던 자리였다. 연의 몸이 세상에서 지워지고 있었다. 아주 느리지만 확실하게, 발끝부터 투명하게 변하고 있었다.

3

"돌아갈 방법이 없어."

연이 하늘을 올려다보며 말했다. 올라가는 빗방울이 하나도 없다는 것이었다. 연의 몸은 본래 빛을 잃어 가고 있었다. 연의 몸이 있던 자리로 세상의 색깔이 스몄다. 마치 연이 세상에 녹아 없어지는 것처럼 보였다. 이대로 시간이 흐르면 연을 볼 수 없게 되는 걸까? 정말로 그렇게 되는 걸까? 다시는, 연을 만날 수 없는 걸까? 나는 슬픔조차 느끼지 못했다. 그저 망연했다. 압도적인 무력감에 어떤 기분도 느낄 수가 없었다. 연이 죽었다는 소식을 들었을 때와 비슷한 기분이었다.

연의 얼굴 위로 빗방울이 하염없이 떨어졌다. 연은 우산 없이도 젖지 않았지만 연의 뺨에는 물줄기가 흘렀다. 선생님과 해원과 두두는 그리고 나는, 그런 연을 말없이 바라볼 뿐이었다.

몸이 완전히 투명해지고 나면,

연은 어디에도 남아 있지 못한다고 했다. 이 세상에도 저 세상에도. 완전히 무(無)의 상태가 된다고 했다. 이 세상에 남은 우리는 연과 관련된 것을 하나씩 둘씩 잃고, 그러다 언젠가는 납골당에 찾아가도 하늘을 올려다봐도 꿈속에서도 연을 떠올릴 수 없게 된다고 했다. 그렇게 되면 연의 이름을 들어도, 연과 함께 찍은 사진을 보아도, 연과 나 사이에 있었던 일과 그때의 마음을 하나도 떠올리지 못할 거라고 했다. 결국에는 '그 사람이 누구였더라?' 고개를 갸웃할 거라고. 연을 보면서 할 수 있는 일이 고작 그것뿐일 거라고.

그건 단순히 연을 만나지 못하는 것과는 전혀 다른 문제였다. 연을 떠올리며 슬퍼하고 때때로 연을 위해 기도하지 못하게 된다면, 연이 없다는 게 어떤 의미인지조차 생각하지 못하게 된다면, 연은 얼마나 외로울 것인가.

"이렇게 될 수도 있다는 걸…… 몰랐어?"

내가 물었다. 감정이 드러나지 않게 조심하면서. 내가 느끼는 막막함도 답답함도 연이 느끼고 있는 것에 견주면 보잘 것없을 테니까. 연에게 내 몫의 걱정까지 얹어 주고 싶지는 않았다.

연은 가만히 나를 쳐다보았다. 내 눈을 보았다.

내가 보고 싶었다고. 너무 보고 싶어서 이곳에 오지 않을 수가 없었다고.

연은 그렇게 말하고 있었다. 그 눈을 마주 보는 심정이 정말 괴로웠지만 나는 흔들리지 않고 눈빛으로 답했다.

고맙다고. 나를 만나러 와 줘서 정말로 고맙다고.

그 마음을 전하려고 온 힘을 다했다.

4

연과 나는 일단 내 방으로 돌아가기로 했다. 연이 그러고 싶다고 했기 때문이다. 만약에 오늘이 정말 마지막이라면 작별은 내가 사는 곳에서 하고 싶다고 했다. 해원과 선생님도 연의 생각에 동의했다. 선생님은 쏟아지는 비에도 아랑곳 않고 집 앞 골목까지 나와서 연을 배웅했다. 선생님이 연을 안아 주었고 연이 말없이 안겼다. 이제 연의 몸은 거의 모든 부분이 반투명에 가까웠다. 빗방울이 떨어지는 자리로 연의 윤곽을 확인할 수 있는 정도였다.

선생님이 한 손으로는 연의 손을, 다른 한 손으로는 연의 볼을 쓰다듬으며 말했다.

"잘 가. 내 걱정은 이제 안 해도 돼."

연은 고개를 끄덕이며 말했다.

"아껴 주셔서 감사합니다."

연이 웃었고 선생님도 뭔가를 꿀꺽 삼킨 뒤 웃음 지었다.

올라왔던 골목길을 내려가는 동안 빗물도 함께 내려왔다. 불어난 물살에 자칫하면 미끄러질 것 같았다. 발목을 넘어 종아리까지 물이 튀어 오르고 감겼다. 우리는 서로의 손을 잡고 조심조심, 그러나 서둘러 걸었다. 내리막이 끝나고 큰길까지 왔을 때 해원과도 작별을 했다.

"또 보자."

해원은 연이 안고 있는 두두에게 인사했다. 앞발을 붙들고 가볍게 흔들었다. 두두가 해원의 손을 핥았다. 두두와 맞잡은 손을 놓지 않고 해원이 연을 보았다. 두 사람은 잠시 말없이 서로 바라보기만 했다.

"이제 미안해하지 마."

연이 해원에게 말했다. 해원은 고개를 숙였다. 연이 또 말했다.

"약속해."

"노력해 볼게."

해원이 고개를 들고 대답했다. 연은 해원에게도 웃어 보였다. 해원은 선생님과 비슷한 표정으로 웃었다.

"잘 가."

그렇게 말한 뒤 해원은 연과 내가 가야 하는 길의 반대 방향으로 달려갔다. 돌아보지 않고 힘차게 뛰었다. 굵은 빗줄기에 해원이 금세 가려졌지만 연은 그 뒷모습을 조금 더 지켜보았다.

연과 나는 함께 우산을 썼다. 데이트하러 공항으로 가려다 실패한 날의 기억이 떠올랐다. 마음이 아팠고 어떤 말도 할 수 없었다. 연도 조용히 걸었다.

그렇게 걷는 동안 들끓던 마음이 조금씩 차분해졌다. 지금은 아파하고 억울해하고 괴로워하고 있을 때가 아니라는 생각이 들었다. 선생님과 해원이 연에게 그랬던 것처럼 나 역시 웃으며 보내 주고 싶었다. 행여 내가 영영 연을 잊게 되는 순간이 오더라도, 연이 기억하는 내 마지막 얼굴이 웃는 얼굴이었으면 했다.

집 앞에 도착해서 우산을 접을 때 연이 말했다.

"우리 우산 세 번 같이 썼네?"

나는 연의 말에 담긴 의미를 잠깐의 시간차를 두고 이해했다. 얼굴에 웃음이 저절로 번졌다. 나는 연에게 손을 내밀었다. 그 손을 연이 꼭 잡았다. 연의 손은 눈에 잘 보이지 않았지만 분명히 있었고 참 따뜻했다. 우리는 서로의 손을 잡고 계단을 올랐다.

5.

방에 돌아갔을 때는 완연한 밤이었다. 연이 밝혀 놓은 촛불을 방 한가운데로 가져왔다. 촛불이 흐릿해진 것 같았지만 연에게는 말하지 않았다.

연의 모습은 집중하지 않으면 보이지 않을 만큼 희미해

져 있었다. 목소리도 물속에서처럼 먹먹하게 들렸다. 주파수
가 어긋난 것처럼 잡음이 섞여 알아듣기가 힘들었다. 이제 연
과 나에게 남은 시간이 많지 않았다는 걸 알 수 있었다. 나는
선생님과 해원이 웃음을 짓기 전에 삼킨 것이 무엇인지 알게
되었다. 그리고 나도 그것을 몇 번이고 삼켰다.

"우리 버킷 리스트 쓰자."

연이 말했다.

연의 한마디에 우리를 둘러싼 공기가 조금은 따뜻해졌
다. 연은 우리가 또 만나게 된다면 그때 할 일들을 적어 두자
고 했다. 내 방에 무얼 적어 둘 만한 건 해원의 일기장뿐이었
다. 나는 그것을 펼쳐 바닥에 놓았다. 마지막 일기의 다음 면
에 우리는 함께 하고픈 일을 번갈아 가며 적었다.

우리가 하고 싶은 일은 열 가지였다.

- 열대야에 공포 영화 보기

- 종점에서 종점까지 버스로 여행하기

- 딸기라테 만들어 먹기

- 늦은 밤 공원에서 달리기 시합하기

- 빗속에서 춤추기(무반주)

- 두두에게 친구 만들어 주기

- 야구장에서 서로 다른 팀 응원하기

- 산 정상에서 일출 보기

- 바닷가에서 일몰 보기

- 배영 자세로 누워 수영장 천장 보기

어떤 것은 쉽게, 어떤 것은 고민 끝에 적었다. 썼다가 뺀 것도 있었고 다 쓰고 나서 추가한 것도 있었다. 그렇게 적어 놓고 보니 하나도 빠짐없이 다 해 보고 싶어졌다. 이것들을 천천히 즐겁게 다 해 보고, 또 새로운 목록을 만들어 보고 싶다는 욕심까지 생겼다. 그런 생각은 마음에 슬픔을 일으켰지만 더 이상 절망적인 기분은 아니었다. 하고픈 일을 적으며 연과 이야기하고, 곰곰 생각에 잠기고, 어떤 때는 웃어 가면서, 그 일을 전부 경험해 본 듯도 했기 때문이다.

연이 잘 있으라고 말하면, 잘 가라고 대답할 수 있을 것 같았다. 지금의 이 세상이 아니라 더 좋은 때의 좋은 곳에서 또 만나, 꼭 다시 만나, 그렇게 말할 수 있을 것 같았다.

그리고 이제 연은 사라지기 직전이었다. 연의 어렴풋한 형체가 일렁이는 자리에 손끝을 대 보아도 얕은 물의 표면을 만지는 느낌만 들었다. 연의 목소리가 낮게 지지직거렸다. 연이 뭐라고 하는지, 작별 인사를 하고 있다면 어떤 단어로 어떤 문장을 만들어 말하는지 듣고 싶었지만 그것은 이제 불가능한 일이었다. 나는 그저 내 나름의 인사를 할 수밖에 없었다. 잘 가라고. 우리 또 보자고. 그러나 결국 울음이 차올랐고 목이 메어 입이 떨어지지 않았다.

정적을 깬 것은 두두였다. 두두는 창문을 향해 맹렬히 짖었다. 두두가 그러는 게 처음이라 창문을 열었다. 창밖으로는 여전히 장대비가 쏟아지고 있었다. 창으로 하늘이 보이자마자 두두는 연이 있는 자리로 갔다. 그리고 연을 물어 당겼다. 연은 이제 커다란 물방울에 가까운 형태로 변해 있었다. 물방울 같은 연이 출렁이듯이 두두를 따라 내 쪽으로 움직였다. 나는 연을 향해 한 발 다가섰다. 두두는 여전히 다급하게 짖었다. 연은 똑같은 속도로 천천히 내 앞까지 왔다. 그리고 둥실 떠올랐다. 물방울 같은 모양 그대로 조금씩 작아졌다.

"잘 가."

내가 말했다.

연은 이제 동그랗고 반짝이는 어떤 것이었다.

"또 봐."

그렇게 말한 다음 나는 눈을 감았다. 연이 사라지는 모습을 차마 볼 수 없어서였다.

퐁—. 기포가 터지는 소리가 났고 내 입술에 물기가 남았다. 언젠가 그랬던 것처럼 몸이 물결치듯이 뒤로 넘어갔다. 두두가 짖는 소리가 아득히 멀어지고, 나는 잠이 들었다.

"수우수우—."

다정한 빗소리와 함께.

에필로그

1

눈을 떠 보니 아침이었다. 열린 창문으로 비가 들이쳐서 바닥이 조금 젖어 있었다. 하늘은 맑았다. 무슨 일이 있었는지 깨닫는 데에 시간이 필요했다. 아주 긴 잠을 자고 일어난 것처럼 오래 몽롱했다. 시간이 지나면서 정신이 차츰 맑아졌다. 몸이 무겁진 않았지만 그대로 조금 더 누워 있었다.

일어나면, 이 잠에서 완전히 빠져나오면, 내 생각보다 훨씬 빨리 연을 잊게 될 것 같았다. 아직은 연에 대한 기억이 그대로이지만 결국은 사라질 테니까. 잔잔한 호수 같은 상태로 내 몸과 마음을 그대로 두고 싶었다. 연이 오래도록 머무를 수 있도록.

　내 바람은 금세 깨어졌다. 두두 때문이었다. 내가 잠에서 깬 것을 확인한 두두가 내게로 달려와 얼굴을 핥아 댔다. 떼어 내려고 해도 내 손을 요리조리 피하면서 몸을 부딪치고 발바닥으로 눌렀다. 하는 수 없이 일어나서 앉았다. 얌전해진 두두가 내 옆에 가만히 앉아 컹, 컹, 두 번 짖었다. 두두가 짖는 곳을 보았다. 책상 위였고 거기에는 연의 촛불이 있었다.

　꺼지지 않고 활활.

　타오르고 있었다.

　　2

　계절이 네 번 바뀌어 다시 여름이 되도록 연은 한 번도 나타나지 않았다. 비가 내려도 오지 않았고 꿈에도 나타나지 않았다. 그렇지만 나는 두두와 함께 씩씩하게 지냈다. 그러려고 애썼다. 연의 촛불이 꺼지지 않고 계속 타올랐기 때문이다.

　가끔 선생님과 해원을 만났다. 연을 위해서 그리고 또 다른 우리를 위해서 할 수 있는 일을 했다. 학교로 돌아간 선생님의 도움을 받아서 우리는 연의 몫이었던 목소리와 말을 찾기 위해 노력했다. 뜻대로 되는 일은 하나도 없었지만 연을 잊지 않을 수 있다는 것에 감사했다.

해원은 하고 싶은 것을 찾았다고 했다. 그걸 하려면 공부를 더 해야 한다며 입시 준비를 시작했다. 나는 공장에 들어갔다. 뭘 하고 싶은지 해원과 마주 앉아서 긴 시간을 이야기했고, 일단은 돈을 벌어야겠다는 결론에 다다랐다. 해원은 내 노동에 다른 이유, 이를테면 열정이나 성장이나 경험 같은 말을 붙이는 곳 말고 정당하게 값을 치러 주는 곳에, 되도록 비싼 값을 쳐주는 곳에 가라고 했다. 나는 그 말이 옳다고 여겼고, 선생님도 마찬가지였다. 선생님은 다른 학교에 근무하는 동료에게 수소문까지 해서 내게 회사를 소개해 주었다. 자동차 문의 손잡이를 만드는 공장이었다. 선생님이 말한 것만큼 착한 곳은 아니었지만 내가 걱정한 것만큼 나쁜 곳도 아니었다.

일이 특히 고된 날이면 근로 계약서의 4대 보험을 떠올리며 위안을 삼기도 했는데, 당연한 것에 위안을 받는 게 이상하다는 생각도 동시에 했다. 그런 날에는 연의 촛불 앞에 얼굴을 갖다 대고 앉아 한껏 온기를 느낀 다음 두두의 축축한 코에 얼굴을 비비며 잠들었다.

3

장마가 시작된다는 뉴스를 들은 날이었다. 음식 냄새를 맡으며 잠에서 깼다. 어제는 요리를 하지 않았는데? 어리둥절한 기분으로 가스레인지 앞에 갔다. 냄비 뚜껑을 열어 보니 카레가 담겨 있었다. 정성껏 끓인 걸쭉한 카레에 투명하게 볶은 양파와 한 입 크기로 자른 닭고기가 듬뿍 들어 있었다. 맛도 좋고 몸에 좋아 보이는 닭고기 카레였다.

불현듯 뭔가 떠올린 나는 책상 위를 보았다. 연의 촛불 옆에 봉투 하나가 놓여 있었다. 등 뒤로 바람이 불었고 고개를 돌려 보니 창문이 열려 있었다. 장맛비가 조용히 내리고 있었다. 두두가 사료와 우유를 먹는 소리가 오래 들렸다.

봉투 속에는 항공권이 들어 있었다. 연의 세계로 날아갔다가 사흘 뒤에 돌아올 수 있는 항공권이었다. 찾아보니 정말 9와 4분의 3 기차역 같은 게 있더라고, 연은 편지에 적었다.

탑승일에 맞춰 여행 준비를 했다. 아주 즐거운 일이었다. 난생처음 휴가라는 것을 썼다. 이유를 물으면 어떡하나 걱정했는데, 우리 부서의 주임은 아무것도 따져 묻지 않고 선선히 고개를 끄덕였다. 옆자리에서 일하는 캄보디아인 르띠 형이 잘 놀고 와, 말해 주었다. 선물을 사 오겠다고 하자 르띠 형은 괜찮다고 했다.

퇴근한 뒤에 두두를 넣어 갈 케이지와 내가 입을 새 옷을 샀다. 연의 것도 샀다. 연이 무슨 색을 좋아하는지 떠올려 봤지만 생각나지 않아서 내 눈에 좋아 보이는 걸 골랐다. 연을 만나면 어떤 색을 좋아하는지 물어봐야지. 그리고 내가 좋아하는 색도 말해 줘야지. 마음먹었다.

4

떠나는 날에도 비가 왔다. 비행기가 뜨는 데는 지장이 없을 만큼의 비가 점잖게 내렸다. 두두와 나는 버스를 타고 인천대교를 무사히 건넜다. 공항에 도착한 다음, 연이 편지에 적어 준 대로 탑승구를 찾았다. 탑승구가 가까워지자 벚꽃 잎이 산들바람을 타고 날아다녔다. 통유리창 밖으로 집채만큼 커다란 빗방울이 보였다. 그게 우리가 타고 갈 비행기였다.

비행기 안으로 들어가니 승무원이 반갑게 인사를 건넸다. 항공권을 보여 주자 두두와 나를 사람만 한 크기의 빗방울에 태웠다. 빗방울은 엘리베이터처럼 부드럽게 올라가 좌석까지 데려다 주었다. 우리 자리는 아래에서 세 번째 층의 맨 바깥 자리였다. 함께 비행기를 탄 사람은 스무 명 정도였다. 그들은 설렘과 그리움이 섞인 표정을 하고 있었다. 내 표정도 저 사람들과 비슷하겠지? 그런 생각을 하며 챙겨 온 일기장을 천천히 쓰다듬었다.

일기장 표지가 내 체온으로 따뜻해질 즈음 비행기가 이륙했다. 둥실, 떠올랐다. 빗줄기가 후드득, 소리를 내며 기체에 닿았다. 두두가 낮게 앓는 소리를 냈다. 승무원이 안아 줘도 괜찮다고 해서 두두를 케이지에서 꺼내 품에 안았다. 어느덧 빗소리가 그치고 끝없이 펼쳐진 파란 하늘이 보였다. 두두와 나는 그 광경을 한참 동안 바라보았다. 목적지까지 지상의 시간으로 일곱 시간이 걸린다는 방송이 나왔다.

물방울이 맺힌 자리에 손을 대 보았다. 온기가 느껴졌다. 누군가와 손끝을 맞대고 있는 것처럼 따뜻했다.

어서 와.

내가 가장 좋아하는 목소리가 들린 것 같았다.

왕
왕

어서 와.

첫 번째 리뷰   오늘의 모순에 지지 않고 내일의 어른이 되는 법

김영희(국어 교사)

1

청소년이 경험하는, 실재하는 다양한 폭력을 수면 위로 드러낸다는 점에서 『내일의 피크닉』은 작가의 전작 『꼬리와 파도』(창비교육, 2023)와 닮아 있다. 『꼬리와 파도』에서 무게를 두고 다루는 사안은 데이트 폭력과 사제 간 성폭력이다. 『내일의 피크닉』은 기업체 현장 실습에서 공업계 고교생이 경험하는 폭력을 고발한다. 전작에서 여성 청소년이 성폭력의 피해자가 되어 가는 과정과 양상을 조망한 작가는, 신작 『내일의 피크닉』에서 모든 구성원을 피해자이자 공모자로 만드는 신자본주의의 모순을 들추어낸다.

"작고 무력한 사람들이 서로를 공격하게 만드는(204쪽)" 경제 구조의 밑바닥에서 모든 부조리를 받아 내는 존재는 "얌전히 성실하게 일하다 보면 곧바로 계약직으로 채용될(185쪽)" 것이란 믿음을 품고 견디는 현장 실습 고교생이다.

2

보호 종료 아동인 '연'은 안정적인 취업처를 찾기 위해 부단히 힘쓴다. 그는 "학교 이름이 번듯하면 나중에 도움이(61쪽)" 될 것이라 계산하고 마이스터 고교로의 전환이 예정된 학교에 입학한다. "가성비 좋은 입학(같은 쪽)" 후 성실히 학교생활을 하며 1등을 유지한 연은, 가족에게 "기댈 마음을 꽤 어린 시절부터 내려놓고 있었(53쪽)"기에 학업에 몰두할 수밖에 없던 기계과 1등 '해원'과 중저가 항공사 콜센터의 현장 실습생이 된다. 그나마 학교가 "연과 해원이 1등을 하는 아이들이기 때문에 특별히 좋은 곳으로 보내 준(63쪽)" 결과였다.

다른 학생들은 "하루에 10시간 정도를 컨베이어벨트 앞에 서서 흠집이 난 휴대폰 디스플레이를 골라(같은 쪽)"내거나, "한겨울 인쇄소 사무실에서 히터도 틀지 못한 채 플래카드를 뽑(같은 쪽)"는 열악한 일자리로 내몰렸다. 연과 해원은 "더울 때 시원하고 추울 때 따뜻한 데서 일하게 된 것만으로도 감사(같은 쪽)"하는 마음을 가져야 했다. 하지만 연과 해원의 실습 생활은 녹록치 않았다. 구조의 최말단, 철저한 피해자의 위치에서 두 사람은 폭력에 무방비로 노출된다. 악성 고객을 응대하고, 상급자에게 괴롭힘을 당하며 연과 해원은 매일 조금씩 훼손된다.

　　결국 연은 스스로 목숨을 끊는다. 주목해야 할 점은 연의 자살이 외부의 폭력에 기인한 것이 아니라는 사실이다. "통화를 마치면 귀에서 벌레가 기어 나오는 것 같은 착각(178쪽)"이 들 정도로 끔찍한 민원 전화를 수차례 받을 때에도 연은 죽음을 생각하지 않았다.
　　그를 무너지게 한 것은 다름 아닌, 자신에게서 발견한 공모자의 면모였다. 실습생 중 연만을 계약직으로 채용하려 한 팀장이 둘 중 하나인 해원을 의도적으로 괴롭히고 있다는 사실을 인지했으나 함구하기를 택한 자신에게 혐오감을 느낀 연은 직접 삶을 끊어 낸다.

　　자리를 지키기 위해, 바라던 삶을 위해, 그것을 가능하게 하는 안정된 수입을 위해, 해원에게 하지 않은 말이 있었다. 그 말을 꼭 해야 했다는 걸 연은 그제야 알았다. 해원의 손을 잡아 주지 않고 어깨를 도닥여 주지 않은 자신의 무력함과 이기심을 알았다.(190쪽)

연이 사망하기 며칠 전, 그가 회사와 채용 계약서를 썼다는 사실에 배신감을 느낀 해원은 스스로를 해한다. 자신이 해원을 다치게 하는 일에 기여하였다고 여긴 연은 스스로를 견딜 수 없어 스스로 삶을 마감한다.

이것이 당시 만 18세였던 연과 해원이 겪은 일이다.

3

'나'는 연과 같은 보육원에서 성장하여 성인이 된 인물이다. 나는 배달 플랫폼의 라이더, 대형 이커머스 회사의 물류 센터에서 근무하며 생계를 꾸린다.

삶을 이끌어 나가기 위한 그의 분투는 과거의 연 그리고 해원과 다르지 않다. 아무리 근면해도, 꿈꾸는 삶이 요원하다는 점 또한 같다. 나는 업체의 지시를 성실히 이행하는 충실

한 노동자이지만 형편은 쉽게 나아지지 않는다. 그는 여전히 "데이트, 하다못해 그 비슷한 것에라도 닿기 위해서는 내가 해결하거나 포기해야 하는 것이 너무 많(107쪽)"은 가난한 청년일 따름이다.

그런 나의 앞에 연이 등장하고, 연은 나를 해원에게 데려간다.

연이 죽은 뒤, 해원에게는 큰 변화가 일어난다. 콜센터가 달리 보이기 시작한 것이다. 그는 이 장소가 실상 "권리는 없고 의무만 있(142쪽)"는 곳이었으며 "그런 이유로, 연이 [중략] 없어지게 되었다(같은 쪽)"는 사실을 깨닫는다. 물류 센터로 일터를 옮긴 뒤에도 해원은 그곳의 부조리를 빠르게 간파한다.

"뭐가 없는데?"
내가 물었다.
해원은 입에 머금고 있던 연기를 후우 뱉고 나서 말했다.
"물. 화장실. 사람."(140쪽)

해원의 예리한 시선은 그를 "조금이라도 느려지면 불호령이 떨어지는 공정(134쪽)"에 깔려 누군가가 거품을 물고 쓰러져도 "일제히 하던 일로 돌아(135쪽)"가는 물류 센터의 작업 생리와 불화하는 인물로 만든다.

"사원님. 이제 다 됐으니까 가세요. 얼른!"
관리자가 해원을 향해 소리쳤다. 해원은 쓰러진 사람이 실려 간 뒤에도 그 자리에 서 있었던 것이다.(136쪽)

나는 해원의 행동이 불편하다. "지금껏 이상하다고 생각하지 않았지만 사실은 많이 이상한 어떤 것을 해원이 깨닫게(142쪽)" 했기 때문이다. 처음에는 "돈을 벌어야 하는 내게 세상의 어긋난 부분을 똑바로 보라는 식의 말은, 솔직히 도움이 되지 않(같은 쪽)"는다고 여겼으므로, 나는 최선을 다해 해원을 외면한다. 하지만 마음속에 일어난 변화는 점점 몸피를 키워간다. "화장실에 갈 때 왜 관리자의 허락을 받아야 하지? 다들 더위에 고생하는데 왜 시원한 물이 제공되지 않지? 세상에는 왜 새벽같이 물건을 받아 보려는 사람들이 많은 거지? (144쪽)"와 같은 질문들이 머릿속을 채우고, 그는 결국 "물류 센터는 사람이 아니라 물건을 위해 지은 건물(145쪽)"이라는 사실을 깨닫는다. 관리자에게 손이 빠르다는 칭찬을 듣고 기뻐하며 무기 계약을 꿈꾸던 과거였다면 전혀 몰두하지 않았을 주제였다.

　해원과의 만남 후 나는 변화한다.

　소설의 말미로 나아가며 나와 해원은 경제 체제를 유지하는 부속품으로서의 직업인이 아닌, 주체적인 노동을 하는 인물로 성장한다. 해원은 하고 싶은 것을 하기 위한 공부를 시작했으며, 나는 노동에 정당한 값을 치러 주는 일터에 취직한다.

　갑자기 벼락부자가 된 것도, 세속적인 선망을 받는 대기업에 입사한 것도 아니다. 하지만 이 변화는 두 사람이 삶을 살아가는 방식과 일터를 대하는 태도가 전혀 달라졌다는 사실을 보여 준다. 소박한 변화처럼 보이나, 실상 삶의 지침을 바꾸어 놓는 거대한 전복인 것이다.

　　　4

　서평을 쓰기 위해 『내일의 피크닉』을 재차 읽으면서, 사망 후 빗방울을 타고 나타난 연이라는 존재가 실은 쓰기와 읽기의 은유가 아닐까, 라는 생각이 점차 커졌다. 연은 나와 해원이 위기에 처했을 때 나타나 도움을 주지만, 도움의 범위는 신체적 손상의 영역에 머문다.

익숙해져서는 안 될 폭력의 구조에서 나를 탈출하게 한 계기는 연이라기보다는 해원에 가깝다. 나의 본질적 변화를 이끌어 내는 인물인 해원은, 연의 죽음 뒤 꾸준히 일기를 쓰며 삶의 지침을 '기업의 선택을 받을 수 있는 노동자'에서 '차가운 눈으로 구조를 해부하는 이'로 돌려놓는다. 글을 쓰는 과정에서 경험한, 현상과 자아의 재정의가 그에게 분석자의 시선을 갖게 한 것이다.

또한 나는 해원이 써 온 일기를 읽으며 그의 통찰을 나누어 갖고 세계를 새롭게 인식한다. 그러한 점에서 이 소설은 아름다운 판타지인 동시에, 너무나도 현실적인 서사가 된다. 실제로 나와 해원이 체험하는 큰 폭의 변화는, 쓰기와 읽기를 통해서만 이뤄 낼 수 있는 것이기 때문이다. 이 해석은 기실 독자인 나를 위한 것이기도 하다. 구조의 모순 속에서 바스라지는 듯한 느낌이 들 때, 나는 내 앞에 연이 나타나기를 바랄 수 없으니까. 하지만 쓰기와 읽기의 수혜자가 되는 일은 기원해 볼 수 있다.

근무하던 물류 센터에 일어난 화재에서 겨우 목숨을 구

한 나는 멀쩡히 익일 구인 공고를 내 건 회사의 비정함, 일터에 불이 나 여러 사람이 죽었다는 재난보다 연예인의 결혼 소식에 더 큰 관심을 쏟는 대중의 반응에 상처 입는다. 이 화소는 거대한 비극이지만 위화감이 전혀 느껴지지 않아 더욱 참혹하다.

『내일의 피크닉』을 읽으며 '청소년 노동이라니, 식상한 소재 아닌가?'라고 여긴 독자가 있을 수 있겠다. 하지만 특정한 문제가 '식상할 정도로' 언급된다는 것은, 그 일이 그만큼 꾸준히 그리고 그만큼 빈번하게, 개선 없이 반복되고 있다는 의미이다. 세상이 구조적인 기형을 끌어안고도 문제없이 굴러가는 이유는, 현실을 살아가는 우리가 이 비극을 보도하는 기사, 희생자의 서사를 코를 박고 읽어 내지 않기 때문이기도 하다.

강석희 작가는 『꼬리와 파도』에서 성폭력 피해자들을 향해, 같은 폭력을 경험한 이들이 "우리가 지켜 줄게. 혼자서는 못하지만 우리가 되어, 너를 지켜 줄게(257쪽)"라며 손 내미는 모습을 그렸다. 이는 성폭력 피해자들을 '무력한 피해자' 프레임에서 꺼내어 '피해자이기 때문에 가능한' 새로운 연대체를 형성하는 존재로 일으켜 세웠다. 그가 그리는 연대체의 범위는 『내일의 피크닉』에서 더욱 확장된다. 작가는 "나를 써 주고 돈을 주면 좋은 곳이지. 좋은 곳에서 일하면 좋은 일인 거지.

법을 어기거나 남에게 피해 주는 일도 아닌걸(144쪽)"이라고 생각하는 타성에서 벗어나 스스로에게 "나는 지금 좋은 일을 하고 있나?(같은 쪽)"라는 질문을 던진다면 "서로 다른 방향에서 다가오는 거대하고 억센 두 개의 손(145쪽)"을 발견하게 되고, 자연스레 "쓰러진 사람은 다름 아닌 내가 될 수도 있(같은 쪽)"다는, '피해자'와 '아직 피해자가 아닌 사람'을 연결하는 선(線)을 볼 수 있으리라 제안한다.

그리고 이것은, 진지한 독자와 필자의 태도로 세상을 볼 때 가능해진다. 우리는 글을 중심으로 이루어진 거대하고 아름다운 연대체를 통해 나 자신 그리고 우리 모두를 구원할 수 있는 것이다. 거창한 믿음 같지만 이런 믿음을 부여잡아야 으쌰, 힘을 내어 볼 수 있는 시절 아닌가.

"그럼 이대로 아무것도 못 하는 거야? 바꿀 수 있는 게 없어?"

답답한 마음에 나도 모르게 목소리가 커졌다. 연은 두두를 품에 안고 나를 물끄러미 보았다. 눈가에 쓸쓸한 웃음이 지나갔다.

"그건 산 사람, 아니 살 사람들이 고민해야지."(204-205쪽)

5

강석희 작가의 소설에 등장하는 청소년들은 생생하게 살아 숨 쉰다. 그가 그려 내는 인물들은 각자의 환경과 조건 속에서 마주하는 다종다양한 문제들을 자신의 몸으로 직접 겪어 낸다. 각자의 문제를 통과하는 이들의 다채로운 선택이 인물에게 숨결을 싣는다.

전작 『꼬리와 파도』에는 청소년의 결정에 힘을 실어 주는 성인의 활약이 돋보였다. 교사인 '아라', '무경'은 세상의 폭력에 대응하는 청소년 주인공들의 든든한 뒷배가 된다. 『내일의 피크닉』에 등장하는 청소년들은 한층 더 단단해졌다. 극단적인 방법을 택하였다는 사실이 안타깝지만, 연은 삶을 포기하면서까지 타인을 훼손해야 살아남는 구조에서 적극적으로 자신을 끊어 낸다. 나와 해원이 삶의 지침을 바꾸어 놓은 결정에 이르는 과정에서도 성인의 도움은 없다. 오히려 이들은 연의 죽음을 막지 못했다는 죄책감과 무력감에 휩싸여 지내는 '윤미주 선생님'을 구해 낸다.

자신의 속도와 감당할 수 있는 보폭으로 걷는, 때로 뒷걸음질 치는 듯 보이기도 하는 『내일의 피크닉』의 인물들은 기실 가장 주체적이고 능동적으로 자신과 타인을 감싸안으며 변화한다. 잔잔한 슬픔을 끌어안은 채 조용하게, 무해한 방식으로 직진하는 인물들을 사랑하지 않을 도리가 있을까. 발간되지 않은 소설의 첫 서평을 쓰는 영광을 누렸음에도, 강석희 작가의 신작을 벌써부터 기다릴 수밖에 없는 까닭이다.

작가의 말

신규 교사 시절에 공업계열 특성화고등학교에서 근무한 적이 있습니다. 3학년 담임을 맡지 않아서 현장 실습과 관련된 업무를 해 본 적이 없고, 담당 과목 역시 국어이기 때문에 이방인처럼 보낸 3년이었습니다. 그래도 괜찮을 거라 생각했는데 후회가 많이 남습니다. 더 따뜻하게 손잡아 줄걸, 더 다정하게 귀 기울여 줄걸. 자꾸 뒤를 돌아보게 되었고 어떤 이야기를 써야겠다는 마음을 오래 간직하고 있었습니다.

보호 종료 아동이자 특성화고 출신인 청년들의 이야기를 쓰기로 마음을 정했던 날, 플레이리스트에 처음으로 담았던 노래는 H.O.T.의 〈아이야!(I yah!)〉였습니다. 불현듯 떠올랐고 오랜만에 들어 보았고 노랫말에서 따 온 '네가 속한 세상'은 플레이리스트의 제목이 되었습니다. 노래와 맞닿아 있는 사건(1999년 씨랜드 청소년수련원 화재 사고) 그리고 죽음들은 지금의 저에게 일하다 죽어 간 청년들을 떠올리게 했습니다. 서귀포산업과학고등학교의 이민호, 여수해양과학고등학교의 홍정운, 전주생명과학고등학교의 홍수연, 쿠팡 칠곡물류센터에서 과로사 한 장덕준 그리고 소설을 쓰는 동안에 코스트코 하남점에서 온열 질환으로 사망한 김동호까지. 이들의 죽음은 제게 사고가 아닌 재난으로 다가왔습니다. 삼가 고인의 명복을 빌고, 제가 놓친 것들을 짚어 보는 마음으로『내일의 피크닉』을 썼습니다.

그리고,

연과 수안과 두두의 피크닉을 상상해 봅니다. 벚나무 아래를 거닐며 꽃잎을 손바닥에(두두는 이마에) 얹어 보거나, 해 지는 해변에서 작은 목소리로 같은 멜로디를 흥얼거리거나, 귀퉁이에 신발을 얹은 돗자리에 누워 하늘을 바라보는 순간을 떠올려 보는 것입니다. 그럴 때에 먹는 음식은 밥알이 촉촉한 김밥이나 새콤한 유부초밥이면 좋겠고 따뜻한 된장국도 있으면 더욱 좋겠습니다. 그렇게 몇 번이고 제가 아는 행복한 장면들 속에 연과 수안과 두두를 데려다 놓습니다. 어떤 이들에게는 일상일지도 모를, 간결하고 단순한 기쁨의 순간을 소설 속에서 주지 못한 미안함 때문인지도 모르겠어요. 소설의 뒤에서, 이야기의 바깥에서 연, 수안, 두두, 해원, 미주 쌤이 더 행복하기를 바랍니다. 제가 알지 못하는 기쁨까지 맘껏 갖기를 바라고요. 그런 마음을 함께 나누며 책장을 덮어 주신다면 감사하겠습니다.

-

소설이 책으로 나오기까지 짧지 않은 시간 동안 든든하게 곁을 지켜 주신 책폴의 이혜재 편집자님께 큰 감사의 마음을 전합니다. 표지와 삽화를 그려 주신 근하 작가님, 서평을 써 주신 김영희 선생님, 추천의 말을 보태 주신 정주리 감독님께도 감사드립니다. 덕분에 소설 속 인물들과 함께 힘낼 수 있었습니다. 더불어, 비가 많이 내리는 이야기 속을 헤매던 저와 인물들이 외롭지 않도록 해 준 많은 이들 그리고 이 글을 읽고 계신 당신께 고맙다는 인사를 드립니다. 언젠가 저랑 같이 피크닉 가요.

참고 자료

책

- 노동건강연대,『2146, 529-아무도 기억하지 않는 노동자의 죽음』, 온다
  프레스, 2022
- 허환주,『열여덟, 일터로 나가다』, 후마니타스, 2019
- 은유,『알지 못하는 아이의 죽음』, 돌베개, 2019
- 김관욱,『사람입니다, 고객님』, 창비, 2022
- 김의경,『콜센터』, 광화문글방, 2018
- 이병철,『시간강사입니다 배민 합니다』, 걷는사람, 2022
- 이종철,『까대기』, 보리, 2019
- 전혜원,『노동에 대해 말하지 않는 것들』, 서해문집, 2021
- 허태준,『교복 위에 작업복을 입었다』, 호밀밭, 2020
- 김해자,『해자네 점집』, 걷는사람, 2018

기사, 영상 콘텐츠
- 이규학,「청소년 노동착취 직업계고 '현장실습' 이제 중단되어야」,『현장
  과광장』, 현장과광장, 2022

- 유민상, 「[정책제안]청소년 플랫폼 노동, 안전하게 일할 수 있어야」, 『월간 공공정책』, 한국자치학회, 2022
- MBC 탐사기획 스트레이트 95회, 플랫폼 노동으로 1주일 살아보기, 2020.07.12.
- MBC 탐사기획 스트레이트 96회, 플랫폼 노동 2탄, 혁신 뒤에 숨은 독점의 횡포, 2020.07.19.
- MBC 탐사기획 스트레이트 121회, 쿠팡에서 일하다 숨지다, 2021.02.21.
- 유튜브 씨리얼, 보육원 동기 셋이서 같이 독립했습니다(feat.전 재산 날릴 뻔한 썰), 2021.03.21.
- 유튜브 씨리얼, 특성화고 학생들이 정부에 따질 수밖에 없는 이유, 2020.11.28.
- 유튜브 씨리얼, 수백 명이 24시간 에어컨 없이 일하는 이곳, 2022.08.12.
- 팟캐스트 서늘한 마음썰 160화, 보호종료아동, 열여덟 어른이 살아간다 with 선&자영, 2020.07.24.

내일의 피크닉

1판 1쇄 발행   2024년 1월 30일
1판 3쇄 발행   2024년 7월 5일

지은이   강석희

편집   이혜재
디자인   MALLYBOOK
제작   세걸음

펴낸이   이혜재
펴낸곳   책폴
출판등록   제2021-000034호
전화   031-947-9390
팩스   0303-3447-9390
전자우편   jumping_books@naver.com

© 강석희, 2024

ISBN 979-11-93162-21-7 (43810)

너와 나, 작고 큰 꿈을 안고 책으로 폴짝 빠져드는 순간
책폴

블로그   blog.naver.com/jumping_books
인스타그램   @jumping_books